《最美基层民政人》系列

长篇纪实文学

生命的呵护

记时代楷模许帅

欧阳华◎著

中国社会出版社
河南人民出版社

目录

第 1 章

复兴之光

1

习近平总书记说，一个有希望的民族，不能没有英雄。

有一些人，虽已离去，却成为历史星空中最闪亮的坐标。有一种精神，穿越时空，始终是信仰殿堂里通明的灯火。

高铁刺穿薄雾，呼啸着从郑州北上，古都安阳扑面而来。

仲夏时分，宝蓝苍穹与滴绿平原的天际间，鳞次栉比的楼群滑动着流动线条，悠闲翻飞的鸽群呼哨入耳。熙熙人流恍恍，我看到一位老者英朗敦厚的笑脸，淳朴自信，高大儒雅，向我伸出温暖宽厚的手掌。

热情的罡风，友善地掠过面颊的泪痕，我不觉间眼泪滚落。嘿，许帅，我来了！太行巍巍，洹水汤汤，你还好吗？10 年前紫薇花开的季节，我曾虔诚地踩着盘庚的足迹，来安阳追寻大商王朝逝去的背影。

安阳自古为“天下之中”，公元前 14 世纪，商王盘庚迁都于此，在泱泱洹水畔，开创了煌煌殷商宏大基业。一代文豪郭沫若赋诗：“洹水安阳名不虚，三千年前是帝都。”

已过花甲之年的许宏刚，典型的《林海雪原》杨子荣的“国字脸”，写满“温良恭俭让”的国士风度，松形鹤骨，完全是许帅的“花甲版”。作为郑州大学中文系才子的他，一副谦恭恬淡的笑容里，噙满切切思念，隐藏在失子之痛的悲壮，以及悲壮之上的释怀。

他饱含深情地说，刚刚，帅帅牵手与我轻偎低傍，音容笑貌宛在，温馨体贴依旧。在我的世界里，帅帅依然活着。

我安慰英雄父亲说："'永远的救助站站长'许帅，生为难者解困扰，死为他人送光明；在国人的记忆里，许帅已化作最亮的星辰，点亮了砥砺奋进的'中国梦'，他的光辉熠熠闪烁，映照着中华民族的复兴之路。"

在安阳市委宣传部会议室，许宏刚和我重温许帅的光辉历程，随着我的提问回溯追忆，我感受得到一个父亲的深深自豪和无限悲伤。他手中握着那份厚重的《人民日报》，2018 年 6 月 27 日，一版头条，他再次细细端详，瞬间悲伤逆流成河，中共中央追授许帅同志为"全国优秀共产党员"称号。

许宏刚读着决定，喉结颤抖，声音深沉，穿透时空的呼唤，许帅姗姗而来：

"……许帅，男，汉族，河北磁县人，1979 年 11 月出生，2002 年 9 月参加工作，2005 年 12 月加入中国共产党，河南省安阳市救助管理站原站长。2016 年 9 月 1 日，因病医治无效去世，年仅 36 岁。许帅同志始终把为人民服务作为自己人生追求，放弃原本稳定的机关工作，主动向组织请缨到救助管理站工作。他把共产党人的大爱情怀无私奉献给困难群众，劝导露宿街头的流浪乞讨人员来站接受救助，在全国率先设立医疗安置区，关爱帮助聋哑流浪儿童重返校园，想方设法为受助人员寻亲，3 年累计救助 1.5 万余人次。他视事业重于生命，恪尽职守，忘我工作，即使身患癌症，仍以常人难以想象的毅力拼命工作，直到生命最后一刻。他去世后捐献了遗体和眼角膜，完成'救助生涯的最后一站'，用生命诠释了'为民甘做孺子牛'的精神……"

2

“举头红日近，回首白云低”，许宏刚万分欣慰地说，“决定我读了无数遍，热泪随着字符跳荡。许帅是一名最普通的共产党员，能得到党中央的表彰，我心底里全是骄傲和自豪。儿子，你是好样的！‘全国优秀共产党员’，是你用生命和心血铸就的最珍惜的荣光，你九泉之下也含笑欣然。”

“春秋有序，人民不亏时彦；宇宙无极，伟业尚待后贤。”许宏刚说：“您看看，这期的《人民日报》评论员文章，《以榜样之光照亮复兴征程》，宛如洪钟大吕般的铿锵文字，激荡着我们全心共筑中国梦的磅礴力量。我常常想，许帅不仅仅是我的儿子，更是党的赤子、人民的公仆！我赞美他，甘做民族复兴路上的一份暖热，化身‘中国梦’的一束藜光。”

“典型本身就是一种政治力量，”我点头说，“你看，许帅就在我们不远处。笑容，纯净灿烂；目光，毅然坚定。许帅信仰之坚定、对党之忠诚、爱国之至诚、为民之赤诚、干事之笃实、律己之严格、襟怀之坦荡，必将汇聚起见贤思齐、争做先锋的强大正能量，让亮丽的光辉照亮我们的伟大复兴之路。”

我看到许宏刚脸上写满豪壮。许宏刚说：“我想对儿子说，帅帅呀，那个让人终生铭记的时刻，你看着爸爸步履略显蹒跚却依然矫健的身影，你是不是在宁静安详地微笑呢。”

2018 年 7 月 1 日，那天阳光璀璨，气氛暖融，是他铭记终生的时刻。受中组部委托，河南省委举行许帅同志“全国优秀共产党员”称号颁授仪式。许宏刚和老伴带着孙子许多文受邀参加。

他告诉我，那一刻，9 岁的多文似乎想起了离去的父亲，听话懂事地跟在他的身边，身板笔挺，眼光灿射，小男子汉一般地保护着步履蹒跚却坚定的爷爷。

省委书记王国生等省领导热情接见了他，多文精神抖擞地给王国生书记敬队礼。王国生语重心长地对许宏刚说，许帅这么优秀，不仅仅有党的培养，也彰显出良好的家教，你为党和国家培养了一个好儿子。他同时勉励多文，要循着爸爸的光辉足迹，学习好文化知识，长大后为人民服务。多文懂事地认真聆听。

花香馥郁，掌声潮涌。他内心激荡，泪眼婆娑，敬佩和痛惜交织，缅怀与骄傲春融。

许宏刚拿着证书，鎏金大字仿佛瞬间变成鲜活荧屏，许帅在金光里笑靥如昔！他从光阴里璀璨闪现，温馨话语敲打着父亲内心的豪迈和悲壮。儿子，你永远是好样的！

许宏刚深有感触地说：“我看过你的《彭雪枫将军》，抗日名将彭雪枫将军，37 岁壮烈殉国！俺帅帅，也是这个风华正茂的年龄……这是人生里最壮美的华年。如此伟大的新时代，他也许有更多事去做……”

穿越百年苦难，每个豪迈走在新时代的国人，走在中华民族伟大复兴征程上，瑰丽多彩的“中国梦”，映照着意气风发的前行者。在多彩多姿的新时代，我时常被砥砺奋进的奇迹感动着，被自信豪迈的幸福感动着。

那份恒光，熠熠闪烁，如灯塔，永不熄灭。

3

2016 年 10 月 28 日，央视“时代楷模”发布厅。群贤毕至，庄严肃穆。

大屏幕上的字迹缓缓滑过，一帧帧鲜活的画面切换，许帅温暖的笑容熠熠，电子屏上滚动着中宣部关于追授许帅同志“时代楷模”荣誉称号的决定。就在两个月前，许帅长眠在温情救助的岗位上。“时代楷模”是由中宣部集中组织宣传的全国重大先进典型，以我们的“中国梦”为主题，以诠释社会主义价值观为内涵。

许宏刚对我说：“那真是难忘的时刻，坐在台下，蓦然觉得，一行行鲜红跳动的字迹，就是儿子那颗滚烫晶莹的心。”

他骄傲欣慰，潸然泪下。掌声盈动，央视主持人康辉将许宏刚请上舞台。意志坚定的父亲，深情浸泪地讲述许帅感人至深的往事，话语一一跳荡于荧屏，在观众的心尖震颤。

这是一张“生命誓言”。在许帅弥留之际，生命留给了许帅最后一道曙光，安阳电视台记者秀梅写下娟秀的字迹，透过许帅一息尚存的意识，闪烁在许帅艰难的思维里。话语已经被死神扼住，“字迹”成为交流的一道狭窄缝隙：

“许帅，我们爱你，加油！你是我们的骄傲！你想说什么？想让我帮你完成什么心愿？告诉我。秀梅。”

许帅颤抖着枯干的手指，艰难地写道：“我的心愿已经告诉律师了。”

秀梅浸泪用“字”再问：“捐献眼角膜和所有器官吗?”

“是，不仅仅如此。许帅。”

死神面前的坚韧，洒向困难群体的阳光，频频敲打着观众的心扉，搅动着国人的泪泉。“后来，”许宏刚泪眼模糊地对我们说，“常常看着这张纸条，心酸落泪。心灵一次次地震撼。这是一个怎样坚强的孩子哦，我没想到他如此心底无私。”

康辉泪花闪烁，看着舞台下面，他动情地说：“‘不仅仅如此!’许帅短短的几个字，给我们留下了极其深刻的印象，如果我们不可以控制生命长度的时候，那追求生命的宽度，就等于在延长生命的长度。”

宏亮的音乐萦绕回旋，英雄的序曲高亢铿锵，著名朗诵艺术家徐涛声情并茂地为许帅高颂华章。声音抑扬顿挫，高亢浑厚，磁性的魔音配着动人诗篇，让人感慨涕下：

王改正《诗颂许帅孺子牛》：

安阳父老忆英魂，许帅堪称大善人。

救助残疾凭信念，怜惜孤弱献真心。

衷肠血沃家园土，孺子牛耕盛世春。

挥泪长歌君远去，千秋不休是精神。

张尔珂《菩萨蛮 题河南安阳救助管理站站长许帅》：

人生举步追宽度，多行善事争朝暮。

聚力化朝阳，赤心援八方。

染疴精气在，满目含期待。

壮士凯歌还，捐躯魂入天。

2016 年 6 月 25 日，踩着癌魔恪尽职守的许帅，在“两学一做”

的热潮中，受到了河南省委表彰为“全省优秀共产党员”，此时他穿着纸尿裤、戴着导流袋，坚毅执着地接过沉甸甸的荣誉，身体虚弱的疼痛中，脸上挂着苍白的浅笑，让人又怜又爱。他用实际行动，诠释了共产党员的公仆情怀和英雄本色。

7 月 11 日，戴着呼吸机、瘦骨嶙峋的许帅，病榻前获颁孺子牛奖，一尊金光闪烁的孺子牛奖杯，昂扬着倔强不屈的犄角，伟岸身躯蓄势待发，勃发的力量披荆斩棘，砥砺奋进勇往直前。

许帅戴着呼吸机，精神矍铄且深情地望着这民政系统至高无上的荣誉，努力上扬嘴角微笑着，不屈不挠里又有些倔强，可癌魔无情碾压，每一个些微的动作，此时变得都异常艰难。

“等我身体恢复一点，我会发扬孺子牛的精神，履职尽责，为这头‘牛’增辉添彩。”许帅坚定而豪迈地说。

金风飒飒，温情地翻起一城温馨，那属于许帅的感动，随洹水的碧波荡漾。流星划过湛蓝的天幕，留下长长的思绪，灿烂如花。

许帅走了，行走在古都安阳的臂弯里，在清冽慈爱的洹水边。上有九旬的奶奶、年迈的双亲，下有 8 岁的儿子，家人将悲痛掩藏在心底。

许帅活着，在古都安阳青山绿水间，在风尘仆仆的民政救助战线上，在中华民族温暖的记忆里，许帅永远洋溢着他动人的微笑，抚摩着这块他挚爱多情的土地。

第 2 章

在那遥远的地方

1

“许帅啊，这棒小伙！高大帅气，阳光开朗，疾恶如仇，侠肝义胆！是积极活跃分子，队员都喜欢他。悄悄地巡查，迅猛地抓贼，很多惯偷都难逃许帅的‘鹰眼’，眼光一扫，窃贼难逃！嘿，关于许帅的反扒故事多了……”

“队员甲”向我打开话匣子。许帅惊心动魄而又温情满满的反扒往事，从她的回忆里激情流淌。

鼓楼位于古城北大街中段，东西钟楼巷交会处，和郭朴祠相邻，是最繁华的中心城区。鼓楼建于明弘治年间，雕甍画栋，角檐翼然，高台重屋，蔚为壮观。飞檐斗拱直刺苍穹，饱经沧桑中端坐静观。琳琅满目的商铺，熙熙攘攘的人流，看看就到 2008 年年关，欢声笑语如浪花飞溅，喜庆气氛盈满。

仨贼鬼鬼祟祟晃在人群中，其一头顶留一撮扎起的黄毛，犹如收获季节的“独头蒜”；其二浑身肥肉晃晃悠悠，犹如漫步在北极荒原上的“肥熊”；其三却瘦得麻秆麻秆的，尖嘴猴腮上凸显着“斗鸡眼”，骨碌碌地转，有点像《水浒传》里的鼓上蚤时迁。

猎物出现了。他们组成一排遮挡视线的人墙，漫不经心而又贼眉鼠眼。前边有两个学生模样的女孩在挑选心仪的饰品，鼓囊囊的背包里，放着钱包和手机。居心叵测的拱形人墙遮挡住背包三面的视线，罪恶的黑手将毫无防备的女孩偷了个精光，得手后的贼得意扬扬，互递个眼神，迅速做鸟兽散！而女孩还欢快地沉浸在心仪的物品上。

然而一忽间，得意忘形的窃贼，被七八个身影扑倒在地，迅猛容不得他们掏凶器，被死死地按倒，嘴巴啃在地上，龇牙咧嘴地惊呼："你们是谁？老子犯什么法啦！"

许帅镇定地说："还猖狂。'法网恢恢，疏而不漏'，为何阳关道不走，偏走独木桥！到号子里，好好学学如何做人！"

那窃贼只有出气的功夫，仍做困兽之斗。腰间的凶器直挺挺地杵着，一把明晃晃的砍刀，两把锋利无比的匕首，迅速被反扒队员摘走。人们拍手称快，钟楼颔首赞许。

"许帅和我们一块儿抓贼，为的就是震慑犯罪！营造和谐平安温馨的安阳！""队员甲"话锋干脆果断，眉宇间颇有豪侠之气。

在安阳日报社一楼大厅内，"队员甲"应邀而来。文静瘦削的她，弱不禁风，刚到不惑之年，莞尔浅笑间温文尔雅，却正义凛然。刹那间，我内心暗暗感到惊诧：她真是神龙见尾不见首的反扒高手？且还是反扒志愿者联盟主要组织者？交谈中得知，她出身军人世家，自己也军旅多年，是橄榄绿带给她的勇气。好个飒爽英姿的巾帼女杰，让我平添几分敬佩。

"队员甲"告诉我，许帅网名叫"帅之开心"。反扒成员约定，着眼自身保护，以网名联络，不问不打听对方身份。反扒联盟是自发组成的民间志愿组织，侠义之举凭的是满腔热血。休息日，下班后，成群结队在繁华地带"瞄贼"。花销"AA"制，"出钱出力又危险重重"，甚至有可能受伤流血。但志愿者义无反顾、勇往直前，让偷窃者心惊胆战、咬牙切齿。

我惊问道："你们抓贼是否随身暗藏防卫武器？遇到窃贼团伙反抗、报复，也好一招制敌？"

“队员甲”说：“我们采取团体协作，结伴出行，要有绝对优势，不打无把握之仗！每人准备了短棍，为的还是防身，关键时刻能从气势上压倒窃贼。毕竟‘邪不压正’，‘做贼者心虚’。我们站在道义的一边，气势如虹地站出来，那贼是不敢见阳光的。”

“队员甲”说，2011 年凛冬，紧靠春节，那是一次触目惊心的围捕。许帅当时一句话，自己印象特别深刻：“他们胆敢摧残祖国的花朵，我执金刚宝剑，务必将这罪恶黑手斩断！斩断！！”那个外地盗窃团伙用心特别险恶，胁迫教唆未成年孩子尾随行人盗窃，得手后由团伙成员迅速转移，达到了肆无忌惮的地步。

团伙盘踞在人群拥挤的火车站、步行街，为首的一个闪着冷酷凶眼的“鹰钩鼻”，另一个是常带着吊诡奸笑的“山羊胡”。他们可怜兮兮地蜷缩在隐秘角落里，眼光特贼特阴特毒，虎视眈眈像两把利刀，监视着前方进退为难的孩子，等待着顺手牵来的“财物”。很多时候，都能看到孩子脸上的伤痕，花季岁月的年龄，正在长身体学知识的时候，他们心底的伤痕会有多少呢？这让反扒队员同仇敌忾，决心将这个狡猾的团伙一网打尽。而此时作为救助站副站长的许帅，念念不忘的，就是一定要解救这个无辜的孩子，让他重返幸福快乐的课堂，这也让围猎行动变得更加紧迫。

许帅与“队员甲”等队友一道，分散开来暗中死盯，锁住这个团伙的“盗窃链条”，摸索他们的诡秘行踪，这是一场惊心动魄的“潜伏”。盗窃的“全程产业链”已经洞若观火，正准备收网，可那“鹰钩鼻”和“山羊胡”突然销声匿迹，宛若从“人间蒸发”。难道是队员们的行动“打草惊蛇”了吗？许帅最焦急上火的，是那个可怜的孩子，没有及时解救出来，一时间心急如焚。

他们究竟去了哪儿呢？难道是打一枪换一个地方，到别的人群稠密的地方故伎重施？这伙贼，最可恶的是，祸害孩子，是可忍孰不可忍！“天网恢恢，疏而不漏”，不扫灭这伙贼，解救那个无辜孩子，岂能善罢甘休!?

许帅判断，眼看着要过年了，这伙贼岂肯放弃大好机会？他们走不远，火车站、医院、北大街、市场，我们加大巡逻力度，一定要让这伙贼无处遁形!

言之有理！大家很快从心情低落到信心满满。

2

果然，窃贼从火车站转移到了文峰立交桥。文峰立交桥东起新兴街，西至铁西路，全长728.23米，气势宏伟，是安阳市一道绚丽的彩虹，被称为“京广第一桥”。桥上人来人往，川流不息。此时除夕的喜庆蔓延在古都安阳的大街小巷，喜气洋洋伴随着熙熙攘攘的笑脸和往来穿梭的车流。这里人和车上下坡都得放慢速度，趁着吃力爬坡的工夫，罪恶的“无影手”伸出，兜里的钱物不翼而飞!

看着一次次得手，“鹰钩鼻”和“山羊胡”脸上露出狡诈的邪笑，似乎为他们的聪明绝顶而颇为得意。此时，许帅、“队员甲”等反扒队员，已经在悄悄地拉紧纲领准备收网，一场“快刀斩乱麻”的“伏击战”瞬间打响!

窃贼看着一天的“渔获”沉甸甸的，这不义之财正好可以过个“肥年”，好好摆个场面酒席，痛痛快快地畅饮一番了。他们做梦也没有想到，反扒队员会在这种时候，居然还在悄无声息地盯着他们！“收网行动”的迅猛快捷打碎了欢聚一堂的美梦。当一双双有力的臂膀和健硕的身影从天而降，他们被重重地压在冰冷的地面上，结结实实地来了个“狗吃屎”。

许帅却冲过去，送上一件崭新的蓝色儿童羽绒服，裹住孩子瘦削的身体，挡住了肆虐的冷风凄雨。他温暖地抱住了那个刚才狡黠偷袭行人的孩子，坦诚的笑容，满怀的慈爱。而这一瞬间，反抗最激烈的，就是这个天真无邪、约莫十一二岁的孩子！他又踢又咬又打，拿出了一副“誓死不就范”的鱼死网破的模样：“滚开！滚开！”

孩子啊，你难道不知道，我们是来解救你重返家园、重回校园的吗？我们擒拿这伙盗贼，最重要的是，为了解救你这祖国的花朵！

许帅依然灿烂地笑着，放开了孩子，温柔地摩挲着孩子的头发。他打开了盒装酸奶，剥根喷香火腿肠，轻轻地送到他的手里。孩子的心灵是最纯洁的，他似乎一瞬间明白了谁是狰狞的恶魔和谁是圣洁的天使。眼睛瞬间噙满泪水，扑簌簌地如断线的露珠，打落在喷香的食物上。他泪眼婆娑地看着眼前一张张关爱的笑容，听着嘘寒问暖的话语，委屈已久的泪水滚落在文峰立交桥和车流喧嚣里。

许帅将可怜的孩子带回了救助站。车上，孩子说他叫小艾，很听话地依偎在许帅怀里，享受着反扒队员温馨的拥抱，饱餐着来自古都安阳的美味。也许是太累了，他居然酣然入梦。

除夕的欢庆气氛浓郁热烈，家家户户开始包团圆饺子，到处贴满的大红对联，让这座城市沉浸在万家欢聚里。这时候，许帅的电话急促地响起来，原来是母亲打来的：“好儿子，你最喜欢吃的饭菜我张罗了一大桌，还不赶快回家？奶奶、多文都等你守岁呢！”

3

凛冬挟裹的寒气，被向西疾驰的列车犁开。黄天后土大河茫茫，沟壑纵横风雨狂。原野金灿灿，黄土高原的褶皱，如幅幅流动山水画，波诡云谲。许帅遥望着壮美的山河，再看看如出笼小鸟般蹦蹦跳跳的小艾，他内心里的甜蜜幸福，就随着车轮的铿锵声荡漾开来，泼墨在如诗如画的高原上。

小艾兴奋地在车厢里手舞足蹈，天真无邪的小艾，脸上挂满阳光般透亮的灿笑，欢快的舞蹈带来无忧无虑的时光，引得车厢里同龄的孩子跟着上蹿下跳，在不断变换的流动风景里，车厢里顿时欢快起来，掌声、点赞声密集交织。

回家的归途在满满希冀中顺利启程，穿过苍茫黄土高原，飞跃崇山峻岭，驰骋绿洲戈壁，滑过碧野草原，前方就是小艾依稀入梦的大美家乡山水。那里有慈爱的父母、辽阔的牧场、欢快的伙伴，悠悠的白云如苍狗，成群的牛羊悠闲漫步，嘹亮的歌声震动林岳，都在等待着他的回归。

嬉闹够了，小艾依偎在许帅温暖的胸前说："许叔叔，那顿丰盛的年夜饭，是我童年里最美味的大餐。我一定按照你的要求，做个勤奋好学的好孩子，让边疆的花朵，在祖国的花园里，开得更加繁盛。"

许帅不觉间泪湿眼眶，轻抚着小艾头顶的伤痕，紧紧搂住可怜的孩子说："遇到不开心的事，记得来找许叔叔，记得来古都安阳。这里永远是你的家。"

刚刚过去的除夕夜，是许帅刻骨铭心的时刻，也伤透了父亲许宏刚焦急等待的心。许宏刚告诉我，那真是喜庆之中一个无比惆怅的除夕。他在心底责怪着儿子，一个个急促的电话响起，你为何一直彻夜在救助站加班？

家里的年夜饭缺少了一个本该养家糊口的男人，耄耋之年的奶奶，嗷嗷待哺的幼子，你工作再忙再累，就不能好好过个消停年吗？陪着黄发垂髫吃顿团圆饭？

许宏刚告诉我说："对于许帅的工作，我们态度很明确，全力支持！就算儿子大年夜未归，他们也未加责怪，反而全是心疼。如此家家团聚举杯贺岁的时刻，少了顶梁柱的儿子，这种隐隐的凄凉，真让人心酸。可是想到儿子为了工作，又顿生些许安慰。"

那天，救助科长傅有安正好带班，向我谈起他的惊讶。在安阳市救助站会议室，傅有安接受了我的采访。傅有安是救助站勤勤恳恳的"老黄牛"，曾服役在海军潜艇部队的他，脸上闪烁着军人的刚硬俊朗。

他刚开车从外面巡查回来。冷风一阵阵地猛扑过来，他看到许帅领着个浑身破烂、蓬头垢面的小男孩过来，惊奇地问道："这是从哪里救助来的？也不打电话叫我去接你。"

许帅笑笑说："从盗贼团伙手里解救的，这可怜的孩子，误入歧途会毁了他的一生，我们得尽快把他送到父母身边。"

傅有安惋惜地说："这孩子看着怪机灵的，读书应该是个好苗子。今儿我值班，把他交给我，你和家人团圆去吧。"

许帅斩钉截铁地说："傅科长，这孩子刚刚过来，我怎么忍心在这个欢庆团聚时刻，将孤独留给他。那样的心灵阴影，会伴随他一生。

你回家吧，我带班。”

傅有安亲切地问道：“孩子，你叫个啥名？”

小艾躲在许帅身后，拘谨惊恐地看着笑容可掬的傅有安，如同一只落单炸翅的小鸟。

许帅小声说：“这孩子悄悄告诉我，他叫小艾，家住在茫茫戈壁的繁盛绿洲。那里有数不清的牛羊，无边无际的葡萄，叮当奏响的驼铃，飘荡着优美动听的歌声。”

除夕的夜幕降临，许帅在救助站里欢快地陪伴着小艾玩耍。浑身脏兮兮的小艾，来到救助站的第一件事，体检、洗澡，弄套全新的换洗衣服，住进了干净整洁的住所。这一换衣服，果然是一个鲜美灵光的孩子，明亮的眸子里，闪烁着童贞的单纯。想到这孩子一个人孤苦伶仃，许帅怎么也不舍得把他丢下回家过年。干脆，就在救助站里亲自下厨，弄上丰盛的手抓羊肉、酸奶，陪狐疑不定的小艾过年，借此化解他心头郁积的心结。

小艾此时警惕满满地看着救助站，稍微一个大点的声响，都能让他浑身猛一激灵，偶尔看到一个人从远处大步走来，他就不由自主地躲到许帅身后，双手紧紧地抓住许帅的衣角，眼睛里的惊恐如惊弓之鸟。

细心的许帅发现，小艾全身遍布道道伤痕，“血布鳞”如同蠕动的活蚯蚓。小艾说，这是盗窃团伙的荆条留下的罪恶。他们从家乡把他骗过来，不偷窃，荆条伺候！偷窃没得手，荆条伺候！得手了财物太少，荆条伺候！于是，劈头盖脸的荆条，成了小艾的家常便饭。他也更加思念远处的爹娘。他想过要趁机逃跑，可偷窃团伙太阴毒，放话说：“如果胆敢离开视线一步，信不信将你双腿打折，扔到大漠喂狼！把你吃个骨头渣都不剩！好好‘拿货’，拿不到你就甭想吃饭！”

救助站为小艾撑起了一方温馨的天地。许帅的温暖如虹，融化了小艾心底的坚冰。孩子心底是最纯洁的，他迅速把许帅认定为挚爱的亲人。年夜饭端上来，有安阳本地美食：粉浆饭、皮渣和血糕，独具风味；道口烧鸡不可少，入口即化；压轴菜上桌了，那是一盆手抓大块羊肉，寒尾山羊肉质细嫩，味道鲜美。穿戴一新、洗漱干净的小艾，此刻剩下的全是开心。脱离了荆条的逼迫，脱离了看管的凶恶，孩童的天性就是唱歌跳舞，手抓羊肉被小艾风卷残云般地消灭。

小艾边吃边说：“许叔叔，你真棒！好多年，没有吃到手抓羊肉了。母亲做的手抓羊肉，配上爽口的皮牙子（洋葱），吃得满嘴流油，真是喷喷香。”

许帅忙说：“好孩子，别吃太急，明天叔叔再给你做。只要你喜欢，安阳也有你吃不完的手抓羊肉。”

傅有安告诉我，许帅自谓“许大厨”，手抓羊肉还真是看着食谱，一点一滴鼓捣出来的“西部风味”！亏他如此用心！看着他们开心快活的样子，救助站的值班人员都很快慰！

那一夜，许帅和小艾几乎彻夜未眠，他们似乎有说不完的悄悄话，而小艾心中最思念的，还是父亲的雪山，母亲的草地。许帅循循善诱地得知了小艾的家境，他迅速联系小艾的父母，决定年关一过，便把他送回梦寐以求的家园。

4

傅有安告诉我，谁承想，意外事件突如其来，一时间救助站门外掀开了锅！几个外地人来势汹汹，手执白纸黑字的介绍信，一口咬定小艾是他们的亲人，是无可辩驳的监护人，要求立即领走小艾，否则将救助站闹个底朝天！

“你们救助站乱抓小孩，送黑煤窑、黑工厂，赚昧心钱，有没有良心?”

“俺家孩子，你凭什么抓来，凭什么关起来，有没有王法？快还给我们！还给我们！”

“还我孩子！还我孩子……”

此时听到门外暴吼声的小艾，透过窗户玻璃向外悄悄观望，浑身不由自主地哆嗦起来，泪水重新集聚在他清澈的眸子里，他抱紧许帅惊恐地说：“叔叔，恶鬼来了！恶鬼来抓我了！我怕！我怕！”

许帅坚定果断地说：“好孩子！有叔叔在，有救助站在，不怕！叔叔答应过你，会让你回到父母身边，回到宁静的课堂里。叔叔一定亲自送你回家！”

傅有安说：“那伙人就是明目张胆地要来抢走孩子，继续他们罪恶的‘发财梦’。可是救助站能任凭他们胡作非为吗?”

但也有的职工心存疑虑，既然人家有介绍信证明，就不属于六亲无靠的流浪人员，咱们就不应该多管闲事，多一事不如少一事。这伙人凶神恶煞，穷凶极恶，说不准干些出格的事！救助救助，就是有求必助，有难才助，咱救助站何必招惹麻烦！

麻烦!？许帅厉声怒斥道，孩子从我们手里解救出来，难道再把他送进虎口？那样我们救助站就是失职！我们是党和政府的救助部门，是党交给我们的任务，就是主动救助，积极救助。群众需要的时候挺身而出，在危险来时奋勇当先，在恶势力面前无所畏惧！何况还是涉世未深的孩子，稍有闪失，这孩子一辈子的大好前途，就断送了！

傅有安认真地说，那一刻，我感到许帅身上的豪情被激发出来。他是那样的临危不惧，说话更是掷地有声，也敲打着人们善良的心底。他义无反顾地走到他们跟前，向他们宣讲救助的道理：

“孩子的监护人是他的父母，我们已经跟他们联系好了，一定要把这孩子送到父母身边。按照法律监护顺序，你们是第几监护人？况且，孩子的父母正在热切期盼孩子回家！你们有什么资格来监护呢？难道就凭着是他的亲戚，如果真是为孩子好，他身上的伤痕从何而来？如果真的爱护他，他小小年纪为何流落异乡街头，过着饥一顿没一顿的生活？这就是你们信誓旦旦对孩子的爱？”

可并无人领情，对方倚仗人多势众，嚣张气焰有增无减。他们似乎腰里别有家伙，有随时都想抽出来砍人的冲动。更有一个人冲过来就要揪住许帅的衣领撒野。好个许帅，麻利地迅速腾挪身段，有力的臂膀挡出去，那人的手臂被磕飞，龇牙咧嘴地甩手，看来这一回合没有占到便宜。再看到救助站干部职工簇拥过来，他们顿时蔫头耷脑地龟缩一团。

许帅厉声说：“孩子身上的伤痕，公安机关正在调查，那是犯罪分子留下的一条条明证。天理昭昭不可诬，你作了恶永远跑不掉！再看看，头上的监控，也和公安局联着网来！如果胡闹，只会搬起石头砸自己的脚！”

许帅正气凛然的话语，铿锵作响，救助站职工在心底里连声叫好！傅有安说，那一刻，他感到许帅的形象如此的高大！这才是一个敢于担当、忠于职守的救助人！在孩子遇到困难可能断送美好明天的时刻，许帅的挺身而出，是作为救助人应有的使命担当！更是一个共产党员无私无畏的壮举！

救助站职工在许帅的带领下，组成一道蔚为壮观的正义人墙，让这伙嚣张的人碰得头破血流。他们有些惊慌地踉跄而去，邪恶丑陋毕竟见不了明媚阳光的。小艾看到这大义凛然的一幕，心底喜悦的泪水奔流，欢悦很快就回到了他的脸上。

几经周折，许帅终于辗转联系上了小艾的父母，并让他们于山重重水迢迢的阻隔中，接通了舐犊之情的热盼。父母在远方含泪翘首期盼，小艾在古都归心似箭，许帅马不停蹄地准备，送小艾踏上漫漫归途。

然而，救助站门外，有几双不怀好意的黑洞洞的眼睛，也在时刻等待着小艾的身影，预谋伸出迅雷不及掩耳的魔爪。

5

到了！到了！远处的雪山巍峨，近处的草原招摇，小溪欢唱，鸟儿脆鸣，天际间牛羊成群，牧歌悠扬。小艾像一只轻盈的燕子，在家乡的怀抱里欢快展翅。壮实敦厚的小艾爸爸给许帅恭恭敬敬地鞠躬，结结实实地拥抱，满含泪花地感谢；柔美朴实的小艾妈妈，用最激动虔诚的眼神，向许帅道出一连串的感谢，感谢他救助自己的心肝宝贝。

许帅认真地说：“我是党和政府委派来的。党和政府的阳光沐浴，让我们共同生活在祖国温馨和谐的大家庭里，亲如一家人，大家都会过上幸福美满的生活。”

小艾的亲朋乡邻都围拢过来，纷纷竖起大拇指：“河南人，好样的!”

“古都安阳，真棒!”

“热心小伙，超帅!”

看着一家人团聚一堂的开心幸福，笑意荡漾，欢声震荡，许帅此刻热泪盈眶。许宏刚告诉我，许帅多次提到这内心深深的触动，心潮久久难以平静。阴霾散去，阳光明媚，小艾终于扑进了温馨浪漫的家园里。我们的国家团结和谐，人民幸福安康，他感到了一阵阵自豪感。

许帅第一次吃上了香喷喷正宗的手抓羊肉，异域风情融化在味蕾里。温润滑腻的羊肉下肚，许帅感到了透骨彻髓的爽朗。啊，大美风景里，与天地合体，宛若世外桃源般温馨。

豪爽的小艾爸爸捧出了马奶酒：“骏马遍山坡，马奶流成河。我心目中最尊贵的客人，你就是小艾的再生父母，我们全家人感谢你!感谢你!”

俊秀的小艾妈妈奉上了葡萄汁：“甜美的葡萄会带给您清爽透亮的生活，祝愿好人永远平安快乐，吉祥如意!”

欢快如俊燕的小艾紧拥着许帅说：“许叔叔，我亲爱的安阳爸爸，你就留在雪山，放牧着草原，不要离开我，一刻也不要。”

许帅不胜酒力，此时也热情难却，只得将这深情厚谊落肚。大家载歌载舞，庆祝小艾的平安归来，许帅也蹩脚地加入舞蹈队伍，随着欢快的音乐踢踏扭动，身边的溪水和山涧的微风、树上的鸟鸣、草地上的牛羊也跟着应和，组成一首波澜壮阔的大合唱，醉美了草原。

天下没有不散的宴席，许帅就要急匆匆踏上返程。小艾紧紧搂住许帅的脖颈，和他耳鬓厮磨，不忍分离。清澈的感情流淌在雪域草原，动人的热泪在告别中抖落。

汽车开动了，卷起一阵草原的细沙。“叔叔，叔叔，我会永远记得你，记得古都安阳!”

“心中要时刻感谢党，感谢祖国和人民!”许帅大声地对小艾说。

小艾的脚步随着车轮飞奔，如同一只难以割舍父亲的小鹿。孩子的身影越来越小，直至在后视镜里变成了一个小黑点，而许帅早已泪湿衣襟。

第3章

我的悸动在秀水

1

余震不依不饶，抖动着原本秀丽妩媚的山川。山路，因淫雨肆虐而泥泞不堪；前方，因阴翳遮蔽而迷蒙昏暗。苍茫的背景里，不时闪现的五星红旗迎风摆动，红彤彤的动人心扉，像一束束跳荡不息的火苗，灿射光芒，让人心头暖流涌动。

许帅小心翼翼地望着前路，忧心如焚。紧迫的山峰抖索跳动，碎石卷起尘土扑通通滚落路面，仰望逼仄陡峭的峡谷，觉得石块随时欲当头坠落。

他胸前的党徽，在幽微处熠熠闪烁，这是许帅出发前特意佩在胸口的。他暗暗对自己说，你的入党誓言悠悠然响在耳畔。共产党员，这是你生命里至高无上的荣誉，使命在身，担当在肩，哪里有困难你就要出现在哪里，危难时刻就要冲在最前沿！

悲伤厄难总在猝不及防时来临。2008 年 5 月 12 日，伤痛突袭俊秀的天府之国四川，轰然迸发的八级地震，地坼山崩。刹那间，房屋匍匐成瓦砾，鲜活的血肉之躯被无情吞噬，震碎了壮美山河。猝不及防的灾祸，同胞也在浩劫中不幸遇难，举国哀痛，震惊了世界，让中华民族的向心力空前凝聚！“一方有难、八方支援”的热潮席卷。许帅心如火焚，主动请缨，加入安阳市浩浩荡荡的抗震救灾队伍，满怀激情奔赴抗震救灾一线。

与许帅同行的刘云鹏，是《安阳日报》资深记者。他向我回忆起和许帅并肩抗震救灾的往事，依然历历如昨、唏嘘感喟。疮痍满目的灾区，余震依然不断，山体滑坡的痕迹随处可见。路面上遍布大小不等尖利的碎石，巨如房屋的比比皆是。路面扭曲、断裂，龇牙咧嘴，像张开的血盆大口，随时吞噬鲜活的生命。每过几步，便有红油漆书写的木牌赫然闪现——塌方路段，小心前行！

我问道："毕竟余震仍在持续，山体随时都有可能滑坡，这不见硝烟的战场，临深履薄，危险防不胜防啊！?"

"这么说吧，就算山间落下一块小小的落石，小车开膛破肚；大些的，粉身碎骨。这样的坠石，总会在车前车后骨碌碌乱滚，那心怦怦狂跳着，提心在口呀，犹如在刀尖上走钢丝，下面是万丈深渊！好在，我们眼观六路耳听八方，幸运地躲过一劫又一劫！"刘云鹏笑着说。从他的神情中，看得出心有余悸。他高大英俊，说话果断利索，思维敏捷缜密，是做一线采访的大"笔杆子"。

刘云鹏看看许帅，在落石和淫雨面前，总是一副气定神闲的样子，眼底的善良和心底的大无畏散发出来，脸上时刻洋溢着坚定执着的微笑。大家此刻就有一个心思：快些，再快些！把这些沉甸甸的暖流送到受灾受难的亲人手里，把安阳市委、政府和安阳人民的殷殷嘱托和祝福及时送达。和此刻灾区的悲伤苦痛相比，我们这点困难，算得了什么呢?

蜿蜒迟缓的车队划开浓重的淫雨，倔强地挺进。一边是陡峭的石壁，一边是深深的河沟，雨淅淅沥沥，下个不停，蜷曲的盘山公路淹没在山坳里。路外的悬崖和头顶的峭壁，都让人惊万分，手心里攥着一把冷汗！复杂的地势和恶劣的天气，给救援带来极大的阻碍。蜀道之难，难于上青天！但任何艰难也难不住我们。

迷雾蒙蒙的山的那一边，秀水镇颓垣断壁的惨烈悲痛，随处可见。

许帅等抗震救灾队员顷刻间祛除了极度疲惫，提振起饱满精神，做好了战斗准备。犹如一团团温馨的火光，扑入被无法抗拒的天灾带来的巨大苦痛折磨的怀抱。

许宏刚摇着头叹息着说：“汶川地震发生后，这孩子夜不安寝、食不甘味，满心思地要到一线抗震救灾。每每看到电视里宏伟的大楼一座座倒下，人们被活生生地埋进废墟里，帅帅常常以泪洗面。那时候儿媳妇四个多月身孕，正需要照料，我也想劝他留下来，但我还是支持他的选择。”

许帅信誓旦旦地说：“爸爸，您时常说‘国家兴亡、匹夫有责’！汶川落难，我心流血！爸爸，看到灾区还有无数人流离失所，无家可归，处于极度恐慌之中，我恨不能立即飞过去。你不是常常教导我：共产党员要有担当、有责任吗？我是一名共产党员，关键时刻更应该听从党的号召冲锋在前。多份力量，就多份温暖。”

安阳市民政局地名办副主任冯琳当时跟许帅坐对桌，采访中她深情地告诉我，许帅当时是地名办的“顶梁柱”，朝气蓬勃、活力四射、热情奔放。业务尖子，厚道能干，古道热肠。无论公事私事，局里无论谁吆喝一声，许帅是有求必应。他是一团火，暖阳融融。

局里还没有部署去汶川一线救灾时，他就摩拳擦掌。根据市委、市政府的指示，局里刚一安排抗震救灾任务，许帅头一个递交申请书，强烈请求上救灾一线。他素质过硬，身健体硕，组织就中意了他。那一刻，许帅高兴得捋臂将拳。

冯琳忍不住问他：“嫂子备孕艰辛，正需要照顾。你遽然走了，家里谁照顾啊？”

许帅略显忧虑地说：“‘家国难以两全’。你嫂子还有老人照顾，些许分离之苦，应该克服。灾区是国家的伤口，灾民流泪流血，生离死别，更需要我们急速驰援。能代表民政系统，代表安阳深入灾区，这是一项神圣而庄严的使命，我会全力以赴。”

许帅的慷慨激昂，也让冯琳热泪盈眶。她安慰许帅说：“你放心去吧。我们在家的所有人，会做你的坚强后盾！”

冯琳说：“许帅就是这样，爱亲人，更爱他人。为了爱他人，可以割舍对亲人的爱。宁可让自己身碎或心碎，也不让他人心酸心痛。”

2

疮痍满目的秀水，大地还在痉挛，灾难还在继续。想到一个个昔日和谐美满的家庭因地震而破碎，让许帅阵阵揪心，并迅速化悲痛为力量。他仿佛听到了一曲抗震救灾工作大合唱：

人群簇拥处，鲜艳的五星红旗迎风飘扬……

解放军战士一路征尘，急速开进……

猎猎的八一军旗雄壮翻飞、气壮山河……

白衣天使彻夜不息，救死扶伤……

忙碌的志愿者会聚而来……

废墟上的群众团结互助，坚强自救。一座座活动板房，在安阳队伍的援建里，夜以继日地三班倒施工，倔强地与余震抢时间、拼速度，一股废墟上生生不息的救援力量蓬勃升腾！

刘云鹏说：“我们6月初到达汶川，当时的条件，那真是极其艰苦！我们就住在临时搭建的简易帐篷里。闷热潮湿的天气，鼓噪着黏糊糊的臭汗，冲澡绝无可能；嗡嗡嗡的黑蚊子到处轰炸，无孔不入，简易蚊帐也作用有限，扑在你腿上，就是一个‘奇痒难忍’的大红丘，挠挠挠！风油精也压不住火燎燎的痛麻，一个个硬疙瘩密密麻麻排在你全身各处。”

大地震中，秀水镇是安县受灾最严重的乡镇之一。镇上2万居民，房屋坍塌近90%以上，目前灾民基本生活在一片废墟和瓦砾之上，在临时救灾帐篷里抱团取暖，救灾任务烦琐而艰巨。

许帅等救灾队员和受灾群众一样，大家顿顿吃泡面，喝瓶装水。加上水土不服，拉肚子在所难免。夜风凄冷阴湿，彻夜难以安眠。汗水浸透了衣服，裹在阴霾潮湿的天气里，总是黏糊糊的。紧张繁忙的救援工作，让人变成高速运转的“陀螺”。大家有个炽热心愿：不负安阳市委、政府和父老的嘱托，不负秀水乡亲的期望，一定打赢这场不见硝烟的战争！

灾区尚在废墟里经历着震痛。此时救灾物资源源不断，堆满了秀水中学操场。救灾物资成为“救命稻草”。救灾队员都是一个人当几个人使唤，超负荷地连轴转，许帅格外忙碌。面对受灾群众不厌其烦的提问，他脸上总挂着满面春风的微笑，充满着“爆棚”的正能量。没几天工夫，他变得精瘦黝黑。

刘云鹏正在赶写新闻稿，看到许帅忙得脚打后脑勺，披头流汗，笑侃道：“你忙得忘记痒了。这蚊子宛如战斗机中的‘轰炸机’，防不胜防啊。咱救灾队员就是铁打的汉，五毒不侵！”

许帅信心满满、笑容坚毅地说：“向死神和废墟宣战，共产党员更得有股子‘拼命三郎’的架势！这滚滚暖流，不信托不起一个鼎立废墟的新家园。”

许帅需要做好物资登记、分发，他手脚麻利，思维缜密，办事干脆果断，各项工作做得有条不紊。与死神赛跑的冲天豪情，从许帅的心底迸发。往往到深夜时分，他依然聚精会神地挑灯夜战，汇总当日工作，向后方及时沟通、汇报，对手头工作精心筹划，犹如上紧的发条，嘀嗒嘀嗒前行中，忘记了疲惫。

刘云鹏说："他到哪里都是一面旗帜，我们都被他的乐观果敢感染，纷纷竖起大拇指：许帅，好样的！"

3

许帅望着灰蒙蒙的雨幕忧心如焚，暴虐的天气，暴雨的冲刷，破损的山路，让救灾物资的运送，顿时"如鲠在喉"，群众正在翘首以盼，老天偏偏作梗，这如何是好！？

不期而遇的瓢泼大雨，凄风苦雨阵阵呼啸，哗啦啦的雨幕，裹紧了巍峨绵延的罗浮山，烟雨迷蒙。许帅和队员唐文献当即决定，迎难而上，就算手拉肩扛，也决不能让群众饿肚子！雨再大风再狂，路再险山再陡，我们在抗震救灾战场上，也得打通救援的"生命线"！

许帅、唐文献等押着满载救灾物资的汽车，义无反顾地驶进纠缠不休的风刀雨箭里，在交通几尽断绝的恶劣情况下，坚韧前行。地震后的废墟随处可见，临时抢通的道路变得斑驳陆离，时而有沟壑挡道，时而有山石滚落，生命在暴风雨里显得异常脆弱，狭窄的山路变得忽明忽暗。暴雨中的山，随时可能发生塌方和泥石流，这时候的山路行车，随时都可能车坠人亡。雨刷器艰难地挥动臂膀，阴雨拼命模糊着车窗。许帅一丝不苟地瞪圆双眼，全神贯注地在透过忽隐忽现的水帘凝望，所有的人都屏住气，提着心。

前方到了天竺村，雨点停歇不少，冷风却吹得更猛，天色阴黑昏暗，车灯洞开两条迷蒙的光柱。一堆泥石流横断去路，群众与救灾队员正在热火朝天地抢修。红旗招展，人声鼎沸。

群众正在雨幕中不停地向他们张望，看到许帅他们带着救灾物资来到，期待已久的“救命粮”到了。大家群情振奋，一片欢呼。

“好个穿越‘生死线’的勇士!”

“天灾无情，大爱暖心间。”

“感谢党和政府！感谢祖国人民!”

人们感到久违的欢欣，激动地握住许帅他们的手，使劲地摇动着。落泪簌簌的，用山里人最淳朴的方式，迎接又一段鼓腹而食的欣慰。

穿着雨衣的许帅显得有些臃肿，却不影响他麻利地帮助分发、搬运物资。睡眠不足和过度劳累，让他变得眼睛有些红肿，浑身有些酸痛。他重新振奋精神，依然龙精虎猛，奔跑在黑暗里，沸腾着团结协作、互助友爱的暖流。

许帅扛着两袋大米，忽而一脚踏空，米袋砰地磕飞。许帅打个趔趄，踉跄栽倒在路岔边的乱石污泥里，凸起的碎石锋利，生硬地硌在皮肉上，右腿和右胳膊酸麻麻的顿时失去知觉，火辣辣的疼痛霍霍地钻心，硌伤了多处皮肉，血肉模糊。他咬紧牙关，忍住疼痛。大家簇拥过去，无数双手将他扶起来。

他下意识地摸摸党徽，忽明忽暗的灯柱里，党徽仍在，他赶紧用手擦干污垢，党徽熠熠闪烁，光彩依旧。“随时准备为党和人民牺牲一切!”曾经的铁血誓言，如洪钟大吕敲响，他顿时浑身有了蓬勃升腾的力量。

唐文献慢慢地扶起他，关切地问：“快起来，我看看哪摔伤了?!这山路是‘鬼见愁’！咱抓紧上医院!”

许帅顾不及身体疼痛，看着悬崖下黑黝黝的空谷，一阵阵地惊悸后怕，浑身上下湿漉漉的，忍着钻心的疼痛，轻描淡写地强笑说：“轻伤不下火线！没事!”

“咋会没事？这脑袋碰石头，能要命!”群众围拢过来，关切询问盈声。

许帅强忍着站起来，故作轻松地说：“这点伤，等于蚂蚁咬一口！干活干活!”

等到送完救灾物资，颠簸疲惫地回到营地，时间已然到了凌晨。许帅浑身酸麻无力，伤口在钻心作疼，一头栽在简易床上。无尽的疲惫、无边的睡意，被剜心的疼痛挟裹着，阵阵袭来，瞬间酣然入梦。

许宏刚有些伤感地说：“他的右腿擦伤了血淋淋的一大片，手掌、胳膊都受伤了，他表面装作没事人一样，偷偷向护士要了药，抹抹吃吃，救灾半点没耽误。帅帅这孩子，总是只顾别人，不考虑自己。”

回来后父亲问及此事，许帅轻松地说：“我年轻，身体结实，这点小伤算个茄子！和危重灾情比起来，不值得一提。”

4

幽远的宝蓝色星空，和近处墨黛色沉静的远山相拥入眠。独自留守在救灾物资点的许帅，看着更远处点点斑斓的温馨灯光，心情异常的平静。上游的唐家山堰塞湖，抢险队伍已经重兵集结，日夜抢修，险情预警还没有解除。救灾物资存放点必须专人留守，许帅毫不犹豫地请求留下，以让大家安心休息。

许帅干脆果断地说："我年轻，身体素质好。百米冲刺跑得过洪水。国家救灾力量缜密周全，溃坝危险绝无可能。所以在这里，我照样安然入睡。"

刘云鹏说："挺佩服他！关键时刻，总能够挺身而出，把危险留给自己，把安全让给团队。他是一个标杆，又像一面旗帜，感染、感动着大家，温暖着所有的人，也激发了救灾队员的干劲和热情。他以党员的高标准，骨子里流淌着冲锋在前的铁血和担当。"

窸窸窣窣的声音刺入沉梦，许帅突然惊醒，难道有贼？救灾物资的守护事关重大，他麻利地跳起，仔细地查看逡巡。暗夜的帐篷外，有几双明晃晃的眼睛，绿光闪烁，凶狠冷酷。许帅心底一紧，冷汗激灵灵下来了，难道是狼!？不会啊，这地方人烟稠密，又在镇区，不会有狼！应该是流浪狗!

许帅壮起胆子，捡起两块砖头扔了出去，扑通两声，那大狗猛然受到惊吓，夹起尾巴嗷叫着窜进草丛!

幽邃的群山和宝蓝的苍穹窃窃耳语。远处轰隆隆的低吼敲打着耳鼓，宛如泥石流冲击的暴怒，又如余震里恶魔的嘶吼。近处黑黢黢的秀水镇中学教学楼，地震中裂开了一道缝，玻璃、门窗开膛破肚，孤独忧郁地支撑着依然刚强的骨架。

许帅颇为欣慰，孩子们期待的新校舍正在紧锣密鼓地施工，从中原安阳长途跋涉来的板材，正在安阳工友勤劳的汗水里，在秀水忧伤的土地上，变身为一排排活动板房神奇地崛起，抚慰着群众的笑颜。

无数拥挤在临时救灾帐篷里的群众，和期盼走进课堂的孩子们，就可有相对温暖舒适的过渡居所。“板房学校”的宁静课堂，会铭记浓浓温情下七彩斑斓的回忆。

是啊，在突如其来的天灾面前，抗震救灾的暖流滚滚，让许帅深为震撼：中华儿女的伟力空前凝聚，众志成城，将脆弱的灾区呵护在手心里，春风浩荡抚摩着这块秀美凄惨的土地。所有的人和灾区手牵手，和灾民心连心。悲伤的瓦砾、坍塌的废墟上，迎风飘扬的五星红旗，就是每个人心头最温暖的阳光！

八花九裂的废墟上，灾区人民不屈不挠，倔强地挺立起身躯，笑颜悄悄地回到他们有些忧郁的脸上，这是多么震撼人心的壮举！而救助他人、无私奉献，就是许帅洋溢在心底里的快乐，汩汩涌流的幸福！

冯琳回忆说：“许帅在地震灾区一个多月，回来后人瘦了一大圈，成了黑不溜秋的‘小非洲’。我印象最深的，就是他佩戴的党徽，鲜红锃亮，像他心头跳荡的一团光。他多次向我们倾诉救灾的心灵震撼，以及救助他人的快乐！不久后许帅就被选拔到救助站当副站长，他对救助意义的了解，也许在地震中，有了醍醐灌顶的涅槃吧。一定是的！”

第 4 章

情深爱自浓

1

一股浓重刺鼻的腐臭气味，从流浪乞讨人员聚居的房间氤氲冲出，许帅不由得皱紧了眉头。散乱破烂的被褥，脏兮兮的；到处尘垢污渍斑斑，乱哄哄的；人员或坐或卧或扑地，目光呆滞滞的，一脸的绝望。这次走访，真的让许帅惊心动魄、肝肠寸断。

夏风飒飒的 2013 年 5 月，许帅通过公开竞选，就任安阳市救助站站长。许帅深有感触地对同事冯琳说："在汶川地震灾区做救援时，我深刻感受到了救助别人的意义，我愿意把救助工作作为我毕生的事业。"

很多人都翘首期待着，他的"三把火"会烧往哪里？许帅风风火火地正带着副站长焦建平等人，走访心目中最重要、最牵挂的人——那些在外托养的长期滞站流浪乞讨人员，大都是些说不清、道不明、找不到家的"痴呆傻"人员。

在安阳市救助站会议室，焦建平接受了我的采访。他身穿湖蓝色的救助工作服，一眼看去坦诚厚道，说话果断利索、思维缜密，很有老大哥的风范。

焦建平回忆起当时的情景，依然历历在目。他一脸钦佩，说："走访巡查中，许站长最关心，他们住得舒不舒适？能不能吃饱穿暖？一一检查身体状况，面对面查看精神状态。"

"许帅当时对我们说：‘他们漂泊流浪找不到家，有多少酸楚苦辣，他们孤独无着，都是些可怜人儿。咱救助站就是他们的家，我们就是他们的家人。让他们幸福开心地生活，感受到党和政府的温暖阳光，是我们每一个救助人员的担当和职责。’”

我不觉间为暖心话语热泪盈眶：“无家可归的流浪乞讨者，衣不遮体，食不果腹，垃圾堆里刨食。太可怜了。”

焦建平点点头说：“习近平总书记说：‘小康路上，一个都不能少。’党和政府始终重视困难群体，民政救助更应牢记‘民政为民、民政爱民’的要求。当时许帅与我们统一了思想，只有照顾好滞站的‘痴呆傻’人员，才能体现救助工作的初心和使命。”

当时救助站托养的流浪乞讨人员有80多人，分散在多处。有些不知道吃喝拉撒，有些患有精神病、狂躁症等，有的病情发作时，瞬间乱撕乱咬甚至自残。照顾起来颇费功夫，雇工唯恐避之不及。托养机构多是个体经营，条件简陋、房子又破又烂又老旧，污秽遍地，苍蝇、蚊子、臭虫什么都有。

看了一家，看到托养人员无精打采，生活状态很差。许帅不由得皱眉摇摇头；又看一家，脏乱环境触目惊心、不堪入目，许帅非常揪心；再看一家，乱哄哄的室内，酸臭味扑鼻冲来。忽然，一个十一二岁的男孩，一丝不挂地从屋里钻出来，在院子里疯跑。托管中心的人就慌里慌张地疾步去捕，像牲畜一样捂住后又塞进室内。托管人员说：这孩子从来后，衣服还没给他穿上几分钟，就给你撕得一绺一条的，无论春夏，还是秋冬，滴水成冰的天气，他也是如此。活脱脱一个野人，我们真的没有一点办法。

许帅劈头盖脸地训斥托养负责人，满腔怒火轰然爆发。

“托养给你，就这样照顾的？还有没有点职业操守？”许帅雷霆暴怒，厉声怒斥。

托养负责人委屈辩解说：“别生气啊，许站长。你也看到了，你说这群人员，不是憨瓜就是傻子；不是神经病，就是羊羔子疯，没一个正常人！正常人谁会流浪街头，你说对不对？不知道吃喝屙尿不说，有的还搞破坏睡床底，有的一会儿哭一会儿笑；有的摔碗、砸床、掏被瓤、撕被单，舒适的床不睡，非得跑到冰凉的地下睡；好好的拖鞋拽掉鞋帮塞进马桶下水道，堵得马桶臭气熏天……”

“我们三班倒地照看，雇工硬着头皮干，累得要吐。凭良心说，我们能赚几个钱？基本上等于做善事。这些人分分钟钟说屙就屙，说尿就尿，咱实实在在也没有更好的办法！天气这么热，有点气味，在所难免。”

许帅气冲霄汉，厉声质问：“如果他们是你的亲人、家人，你也会这样堆砌这冠冕堂皇的说辞？国家花钱，救助站托付给你们，他们也是我们共和国的公民，也需要享受国家的温暖，却遭受这样的非人待遇，像动物一样被圈养，于心何忍？”

托养负责人愤懑地拍着胸口说：“我对老天保证，真的竭尽全力了。你拾掇收拾的速度，咋也赶不上他们屙尿的快！都是些不知吃喝拉撒的傻蛋，二十四小时不睡觉，睁大双眼蹲跟前看着，也看不住啊!”

许帅更不客气，义正辞严：“就算他们是‘痴呆傻’，他们也有感情，他们也知道人好人歹。在一个鲜活的生命面前，我们应该让他们有尊严地活着。你真把他们当成亲人，会是这个糟糕现状?!”

托养负责人哑口无言，隐隐的愧疚被许帅瞬间钳口。许帅被触动了心底最柔软的部分，感到职责被狠狠地亵渎了一把。要尽快扭转这“糟糕”局面，许帅语气严厉果断且不容置疑：

“立即整改，达不到托养标准，立即解约。这大爱的阳光，不能让蛀虫遮挡！如果让这爱心打了水漂，良心何忍！如果把他们当作傻子，内心何安？”

焦建平告诉我说：“这次走访巡查，让许帅震动很大。我们多次推心置腹地深入探讨，寻求彻底整改解决办法。他向我提出一个思虑酝酿良久的方案：把这些人接到救助站照料，引入医生及时看病。当时我听到后，内心里着实一惊。这破天荒的创举，摧枯拉朽的想法，大刀阔斧地做，是一位闯将。”

许宏刚告诉我：“许帅说到这次走访，扑簌簌的泪水滚落，是同情怜惜的泪花，情到深处心扉动。孩儿心眼好，把这些苦难的困难群体，当成了自己的亲人。作为救助站长，他认为这是自己职责所在，责任所系，他不能落忍不顾。”

“许帅曾和我推心置腹地谈过这个事。他坚定地说：‘民政救助’是党和政府的兜底工程，是最后一道防线。如果出现了‘路有冻死骨’，人民对我们党和政府还抱什么希望！如果这道底线我们不管了，不成旧社会了？”

许宏刚说着触动了心事，热泪簌簌。他最终选择了坚定支持。

2

“引医入站，驻站照料”，这是许帅精心酝酿的设想，开救助领域的拓荒之策。一石激起千层浪，引起了蜂拥而起的担忧，救助站一时间石破天惊。泼凉水的风言风语，如黑天鹅到处飞舞。满心的忧郁在重重顾虑里打旋，善意的提醒在卑微群体前环绕。

许帅先将设想跟副站长焦建平和杨瑞红通气，形成共识。焦建平告诉我说："说实话，许帅这个想法，我当时感到眼前一亮。这想法是好，让人钦佩！可眼下，上级一没文件，二没依据，全国首创，将这些'痴呆傻'人员接到站内，后续一揽子房间改造、人员管理、住宿吃饭、就医保障，意想不到的困难，重重叠叠，就会接踵而至，想起来就头大。可许帅却是拿定了主意，撞破南墙、排除万难也要推进，真是'吃了秤砣——铁了心'。"

驻站照料，职工担忧铺天盖地，腹诽颇多。这样一群或痴或呆或傻的人引到站里——那不是要伺候一群祖奶奶祖老爷吗？玻璃般易碎，摸不得，碰不得，打不得，骂不得，有的不知屙尿，有的疯癫躁狂，如何管理？

这里边蔫巴巴的病秧子不少，死个把人，多晦气！在站里有吃有喝无人问，一旦出了问题，八竿子打不着的亲戚，都会闻风而至。再昏天黑地地闹将过来，救助站永无宁日了。许站长啊许站长，看着挺精明的小伙子，这些问题牵牵绊绊，你买个烧鸡不吃——（撕）思思（响）想想吧！

这个摇头摆手说："许站长挺好的一个人，有能力有魄力，是不是有点年轻人的冲动了？画饼不能充饥啊。"

那个忧虑叹息道："这想法是好，确实好，我举双手赞成。可真的要实际操作，棘手问题如一地鸡毛。这类人引到救助站，救助站成了'憨瓜傻蛋''精神病'集中营了！我的老天爷！还让不让人活?!"

这个言之凿凿说："跨过这一步，就是接个丢不掉的包袱，捧个臭气熏天的烫手山芋，抱个惹祸招灾的定时炸弹！"

那个嗤之以鼻说："就这些憨瓜，奇形怪状的七事八事，只有你不敢想，没有他们不敢干的！要是白天黑夜，东捯饬西扑腾，再添些夜半嘶吼号叫的，穿墙打洞的，你想安宁办公？做梦吧！"

滞站人员进行托养，是现行的救助规则。曾经的收容遣送站，是制服齐整、威严板正的"大盖帽"，威严执法的车辆，警惕地盯着街上飘荡的"盲流"，然后风卷残云般地塞进执法车里，将影响市容市貌的流浪者打回原籍。

自从2003年改称救助站后，虽然大家的思维开始了从管理者到服务者的转变，可过去的威严或多或少固化在心底里。对救助者如何做好延伸服务，不但救助，还要治病；不但治好病，还要身心健康，是救助系统正在探索的课题。

许帅显然义无反顾地冲在了最前头，面对托养人员的生存困境，让许帅心底里涌起阵痛和伤感，也更加坚定"引医入站，驻站照料"的决心。

在救助站全体人员会议上，许帅诚挚地托出肺腑之言。在以习近平总书记为核心的党中央的坚强领导下，"全面建成小康社会，一个不能少；共同富裕路上，一个不能掉队"。

许帅动情地说："习总书记说：'民政工作是'菩萨事业'，要怀着大爱之心、爱民之心干民政工作。'我们干'菩萨事业'，就要有'菩萨心肠'，要埋头苦干、甘于奉献。就要体现'民政为民'的宗旨，'民政爱民'的情怀。

"中华民族伟大复兴的'中国梦'，每个人都不能缺席，就算是这些流浪乞讨人员，他们都经历过难以想象的心酸苦痛，应该沐浴到新时代最明媚的阳光，共同谱写'中国梦'的壮丽诗篇。

“我们民政救助工作就是党和政府的‘兜底保障’工程，应该坚持以人民为中心，以民生为根本。我们中层骨干基本都是党员，如何‘不忘初心，牢记使命’？我们的初心在哪里？就是照顾好这些‘痴呆傻’人员；我们的使命在何方？就是让他们有个甜美幸福的生活。

“托养出去，我们省时省心，可监管是个难题，托养质量无从谈起。党和政府将救助任务交到了我们手上，救助这些最困难群体，就是我们神圣的义务和职责。

“他们是困难群体里更脆弱的部分，也是党和政府最牵挂的人员。他们如果都是正常人，也用不着我们操心了。他们有智力障碍或精神疾病，但他们也知道人间冷暖。他们应该享受到新时代的美好生活，不能只是被歧视地以憨瓜傻子看待！

“我们应该用滚滚暖流，驱散他们心头积存的阴霾，换来绽开的笑靥。我们是党和政府的救助部门，任何人嫌弃他们腌臜，嫌弃他们病残，我们不能嫌弃！这就是我们的职责和担当。我们不去救助，那就是失职！照顾不好，那就是渎职！

“做民政人，不但要有菩萨的善行义举，更要有菩萨那‘我不入地狱，谁入地狱’的担当精神和大爱无疆的情怀。让卑微的生命活出尊严来。”

许帅诚挚的话语，使职工们都陷入了深深的思考，也对许帅产生了无限理解和尊重。显然，顾虑依然在心头盘桓，现实的困难面前，甚至冒出了质疑。然而，就算困难重重，阻碍重重，一定要让他们感受“中国梦”征程里融融温暖。许帅更加坚定了自己的信心。

3

洹河水哗啦啦地泛起碎银，拍打着宽阔的堤岸，盛开着洁白的浪花。洹河是安阳的母亲河，她哺育着安阳儿女。

夜光下的洹水更妩媚，灯光倒映闪烁跳跃，涓流淌漾，波光粼粼，美不胜收。云雾升起，远远眺望，如同玉龙飞腾。不远处传来清脆的笛声，悠游柔转，悦耳动听，绵延回响，萦绕着无限的遐思与牵念，缓缓地飞升，升到那有着星辰与皎月的深空里，更显出洹水的情韵。

许帅凝望着烟波浩渺的洹水，焦灼的思绪在白雾里翻滚。一股酸臭气息镂刻在心头，那一群在外漂泊的人啊，目光呆滞地、哀怨地看着他，悄然张望，那忧郁的眼神穿透迷乱的环境，在他心底里抓挠，撕裂出了道道血痕，他的心也碎了一地。梦寐之间，无数声音地动山摇地呐喊："我要回家！我要回家！"滂沱的热泪迷蒙了许帅的双眼。

熟悉的同事好友，对他的举措持很慎重的看法，他似乎并不被人理解支持。从站外托养到"引医入站、驻站照料"，这是救助领域的破冰之举，一个年纪轻轻的站长，一上任就要打破常规，孤力挑起救助深水区，创这破天荒之举，还知不知道天高地厚？救助站作为市民政局一个堂堂的正科级单位，真能变成一个"痴呆傻"人员的安居乐业的"温馨家园"吗？太不着调了吧？对他们这些人照顾得再好，他们能知道吗？自己的家在何方都不知道，自己的爹娘都不认识，你又会得到什么好处呢？剩下的全是责任，都是些出力不讨好的事！

一天，一个慈爱的邻里老人碰到许帅，关心满怀而又言直意切地劝诫他："听说你要将那些流浪乞讨的憨瓜接站里养？头脑没发热吧小子？这些缺根筋的人，吃喝拉撒，翻天倒地，你都不知道会把天戳个啥样的窟窿！弄个天大的麻烦自己背着——多一事不如少一事，出力不讨好，你可不能心血来潮！何必呢小子?!"

也有一个活络人暗中私语说："80 多个流浪汉在站内，有的不知道屙尿，环境卫生能保障吗？有的一不留神自残，摔砸东西，安全能保障吗？他们多年流浪，过着风雨飘摇的饥一顿饱一顿垃圾堆里拣食的生活，身体能健康吗？都是些病秧秧！万一爆发了传染病，阎王爷派无常勾走几个，你担待得起吗？你想捅娄子吗？歪好出点事，都够你喝一壶的！床前百天还无孝子呢，别冲动哦，许大站长！"

难道这些流浪人员是瘟神吗？人人都避而远之，而在外托养是通例，接到站内，会不会造成"请神容易送神难"的局面呢？这一步如何跨出去，怕会"骑虎难下"吗？牵绊掣肘太多，客观情况有些冰冷，许帅感到了前所未有的孤独和惆怅。

许帅扪心自问：作为救助站长，你的职责是什么？作为共产党员，你的担当又是什么？作为救助站，是什么阻碍了成为这些特殊群体的温馨家园？

职工是优秀、善良而通情达理的。"温情救助、大爱无疆"，写在救助站的鎏金大字，就是铭刻在许帅心底的永恒誓言。他咬紧牙关，誓要冲破层层壁垒，让温暖的阳光沐浴特殊群体，让他们绽放凋落的笑颜，享受到无忧无虑的幸福时光。

回望漫长的封建社会，封建统治者倡导的"仁政"不过是晃眼招牌，频繁的天灾水患让民众流离失所，"朱门酒肉臭，路有冻死骨"的悲剧时时上演。泪痕斑斑的逃荒要饭，白骨盈野的挣扎饿殍，成为百姓心底最悲壮的怒吼！成为旧社会群众心头血淋淋的伤疤。

新中国确立了“为人民服务”的立国之本，党员干部成为“人民公仆”，人民意气风发地成了国家主人。党和政府高度关怀困难群体，在习近平新时代中国特色社会主义思想的指引下，“脱贫攻坚”成为中华民族复兴的“主战场”，民生问题成为党委政府的“兜底工程”，让困难群体沐浴温暖明媚的阳光，让流浪乞讨者踏上归家旅途，就是民政救助人的神圣职责！

曾几何时，救助站还是有着行政执法性质的“收容遣送站”，工作人员身着威武制服，在街上搜寻东奔西窜的“盲流”。他们多是些家居农村流入城市乞讨的、城市居民中流浪街头乞讨的和其他露宿街头生活无着的。“盲流”被强制“请”到站内，从“哪里来”遣送回“哪里去”，实在找不到家的人，也许找一个厂子让你“劳动”创造价值，起码让你“劳动”一碗饭来糊口。

这种时候，收容遣送站的严格执法，让城市的“窗口”不再大煞风景。“盲流”在可以看到的地方销声匿迹，潜藏成了神出鬼没的夜猫子，白天隐藏在阴暗潮湿而不被人发现的幽微角落，深夜时分“饥肠辘辘”偷瞄果腹的“残羹剩饭”。这会是如何悲惨的伤心场景呢？

2003年6月20日，《城市生活无着的流浪乞讨人员救助管理办法》公布，以“自愿求助，无偿救助”为原则，实现了由强制收容遣送向关爱救助服务的转变。

这些可怜的困难群体，是很多人眼里可恶可憎的卑微生命。因为各种各样的缘由，他们离开了温馨的“家”，迷失在寒冬酷暑、凄风苦雨里。流浪的路途没有终点，苦难的折磨没有尽头，疾病的威胁如影随形，多少个露宿街头的日子，多少个路人冷眼的鄙夷，冷热有谁知？

落魄的白天，蹒跚着穿行在繁华的街市；孤寂的夜晚，蜗居于潮湿的桥洞或废弃阴冷的烂尾楼里。天当房屋地当床。从垃圾堆里捡拾些残羹剩饭，寻觅些破衣烂衫，他们或挣扎在疾病铸就的枷锁里，或彷徨在穷困潦倒的无助里，凄凄惨惨戚戚，他们是社会生活里卑贱求生的一群人。

党中央和习总书记这么关心困难特殊群体，五彩缤纷的“中国梦”里，不能让一个人落伍。而民政系统始终将解决民生问题、救助特殊群体作为中心工作。救助站岂能将这些人员一托了之，一定要让特殊群体，也沐浴到党和政府的温暖，理应打造他们的“希望家园”“心灵港湾”，绝不能让救助鞭长莫及，甚至形同虚设。

洹水翻起一河粼粼金波，映照着古都亮丽多彩的身姿。许帅信心满满，起身向救助站走去。

他的步履坚定而执着。

4

“优秀的人像一团光芒，和优秀的人相处，给我最大的感受是，自己也会围绕这团光芒，慢慢变得优秀。”许帅富有哲理而发自肺腑的感慨，久久回荡于我心。

2018 年夏末秋初时节，安阳市民政局幽静的院落里，我见到了紧张忙碌的张双献局长。他身材高大显得风度翩翩，金丝眼镜架出了儒雅别致，侃侃而谈的话语，恬淡睿智的笑容，让我对许帅的这位上级感到钦佩——毕竟，大家都提到一个“内幕”，为了让“引医入站、驻站照料”设想落地，张双献和许帅有了一次痛彻心扉、推心置腹的彻夜长谈。

看来，这次长谈，让两位民政人的思想碰撞出了璀璨火花。许帅筹谋已久的想法，得到了张局长和市民政局党组的全力支持，也让这件好事最终尘埃落地。

张局长向我谈起许帅，连说了“四特”：特别优秀、特别热情、特别有思路、特别坚韧。年轻有为、敢于开拓，老成持重而又古道热肠。言谈中，他对昔日的爱将赞赏有加，唏嘘痛惜。

“我们民政人就是要贯彻习近平新时代中国特色社会主义思想，将人民利益放在心中，发挥民政部门的‘兜底工程’，特别是对困难特殊群体，我们更要时刻牵挂着他们，这也是许帅与我谈话的重心。

“我想，在如何更好地帮助特殊群体上，他的思路比较超前，想法比较积极，让救助有了‘人性的温度’，这也是我们民政人的职责和担当。在这一点上，我们达到了高度一致。”

“如果许帅不这么拼命工作，有可能不会罹患癌症；如果他不这么早地离开我们，也许他会作出更卓越的贡献。他虽然不能奢求生命的长度，但追求生命宽度进程是如此精彩，他将壮丽人生奉献给崇高的救助事业，灿烂绚丽，让永远的救助站长成为精神丰碑，成为我们的‘时代楷模’‘全国优秀共产党员’当之无愧。”

许宏刚提到这件事时说：“非但有救助站、民政局领导和同事支持，甚至财政局也开辟了‘绿色通道’。通过‘政府购买服务’，升级了救助站的软硬件建设，被救助人员的医疗、生活有了保障。

“这件好事能够办成，是优秀群体的合心聚力，是民政人的职责和担当，也让许帅更加地感受到了组织的关心、集体的力量。”

许帅信心满满地跨出这一步，可接下来真的要实施，工作千头万绪，困难层出不穷。他迎难而上，吃住在站，夜以继日、废寝忘食地付出，他的梦想会如愿以偿吗？

第 5 章

坠落悬崖的嫩蕊

1

你能想象到，一朵娇艳小花被冷风凄雨蹂躏后的模样吗？

头发被尘垢纠缠成皱巴巴的“破布条”，已看不出原来的颜色，灰不溜秋的阔棉袄超不合身，显然是垃圾堆淘捡的“战利品”；鞋裤被厚厚油污浸透，破了的几个洞正调皮地嘲笑，小脸黑乎乎地瘦削成一张“薄皮儿”。“垃圾堆”里刨食的“小叫花子”，桥洞里屋檐下圪蹴过夜，酸腐臭味透人肺腑——本该在父母怀里撒娇的年龄，年少磨难的容颜，在凄风苦雨里悄然凋零。这是谁家的孩子？

2014 年仲春时节，小北风吹拂着含苞的柳蕊，迎春花炸开细碎金黄，繁花耀眼。焦建平深情地回忆起那个让人难忘的下午，他跟许帅接到 110 送来的一流浪女孩，小莉，约莫十三四岁。这是一个豆蔻年华的孩子吗？许帅和焦建平都瞪大怜惜的眼睛。

焦建平说：“当时，许帅就滚落了泪花，牵住了孩子像老鸹爪子一样皴裂的小手。善良顿时如阳光灿射，那是极其明媚的温暖。”

许帅马上将小莉护送到检查室，进行基本健康筛查。在医疗仪器的管窥里，人体生理指标顺次跳荡，伤痕累累的身体，让人唏嘘叹息；小莉宛如受伤的惊鹿，狐疑地骨碌着狡黠却惊慌的眼眸，微小的响动都让她像惊弓之鸟浑身激灵一抖。面对许帅和焦建平温和善意的笑容，她却始终绷紧着稚气的防线。似乎她面对的从来都是惊吓，而她也习惯了防备。

可是，孩子，许叔叔就是一面温暖的墙，一步不离地跟着你呢。

冷风凄雨被阻隔在了救助站外。在你流浪的尽头，心酸落魄消失在迷蒙的花季，你回到了救助站温暖的家。许叔叔有着满怀的期待，为你开启春暖花香的新航程！

焦建平急急摸遍了衣口袋，诧异道："手机哪里去了？"

许帅笑道："刚才还打来！落检查室了吧？"

焦建平说："打打，听听铃儿，按图索骥。"许帅笑道："这叫循声索机！"大家都笑起来。

那熟悉的铃声振荡开来，循声索机，你能想到焦站长的手机在哪儿？它居然隔着小莉的棉袄，憋屈地连声响起。呵呵，这手机，何时长了神秘的翅膀，溜到了小莉的口袋里？许帅慈爱地道："孩子，让焦站长接个电话吧。"小莉鬼机灵地将手机捧出，惊恐地等待着暴风骤雨——却波澜不惊、和风习习。这会是一个沾染了多少坏习气的流浪孩子呢？

温滑细腻、有着三千年荣耀的洹河水，酣畅淋漓地吐露着丝丝晶亮，氤氲香甜祛除着酸腐黑污，洗濯着累年积淀的尘垢，洒开了本已枯萎的娇蕊。沉疴剥掉的时刻，乌发飞瀑般映照着盈盈粉红桃腮，青春靓丽的时装，将本该有的花季，还给冰清玉洁的少女。

凋零的花朵顷刻间娇媚靓丽。救助站的女同事欣喜地聚拢到小莉身边，啧啧地盛开温馨的笑容，温暖包围着孤独已久的小莉。可小莉骨碌碌转动着狐疑的眼睛，似乎她对这久违的爱意有点不知所措，更被眼前炽热的真情所触动。

许帅认真地看着小莉，特意给小莉安排了丰盛加餐。黄灿灿的炸鸡块，软糯糯的皮渣，香喷喷的红烧肉，红彤彤的苹果，浓郁郁的粉浆饭。小莉尽可以对丰盛的食物大快朵颐，她却拨开筷子，直接用手抓，狼吞虎咽、风卷残云，吃得满脸都是饭渣，完全没有少女的矜持。

很多人都在叹息，看这孩子眼睛里有野性，就像夜半闻腥而动的饿狼。她的犹疑不定跳动在长睫毛上，那眼光干巴巴的，孤独而凶残。笑容为何久违了你稚嫩的脸庞，你的虎视眈眈，凸显随时应对外界侵袭。孩子，你有着刻骨铭心的饥饿记忆吗？你心底是不是埋着道道伤痕呢？为何如此惊恐万状？你不会笑一下吗？你怎么不笑呢？

一个流浪的“问题少女”，她的命运会在救助站里转折改写吗？

这时，焦建平听到许帅信誓旦旦地说：“放心吧，进了我们救助站，灿烂笑容，会洋溢在她的脸庞。娇媚花朵，会开放在本该属于她的花季。一定会的。”

2

2014 年飞花时节，救助巡逻车谨慎地搜寻着一切符合条件的目标。早春的安阳街头，并不那么绚丽多色，但却蕴藏着生机，蓬勃着新意。春天迈着风情万种的脚步款款走来，嫩绿鹅黄在街道两边渲染开来，泼墨出移步换景的水墨画。每天上街巡查，是许帅的必修课。或是繁华路段，或是深夜时分，抑或酷暑凛冬。冲在第一线，许帅才能感觉到心底的踏实。

“我们的职责，就是接流浪人员回家——救助站就是他们的家。在这么个美丽的国度，唯愿天下不再有流浪乞讨人员。”当时陪同巡查的救助科长傅有安在采访中告诉我，常听许帅动情地对他说这番肺腑之言。

"臭虫！打死你个臭虫！"突兀的杂乱啸叫，在街道一角旋起。

一群顽皮男孩正在嬉闹，被围在核心的衣衫褴褛的男孩，他双眼洞射出狼般的凶狠，在被动挨打中困兽犹斗。无奈一拳难抵四掌，孱弱的肉体如同沙袋般飘来荡去，栽进乱草丛里。

"住手！"许帅飞快地冲过去，"不要随便打闹！"孩子们见许帅威武雄壮，矫健如风，嬉闹着打着呼哨，立即做鸟兽散。

许帅搀起倒地男孩，流浪乞讨的破落模样让人心酸。送上温暖饮料、可口食物，没等许帅开口相问，男孩猛地推开许帅，跳起来一溜烟疯跑，甚至甩掉了趿拉的破运动鞋，消失在熙攘人流中。

许帅一阵阵揪心："这孩子为何如此叛逆？是一声不吭的闷葫芦？又是个悲哀伤痛的苦命浪子？应该尽快将他领回救助站。"

傅有安说："许帅当时就判定，这孩子应该在附近流浪，习惯了垃圾堆里刨食，打心眼里不愿意接受救助。"

我说："我们是自愿救助，有的流浪者喜欢自由自在，也说不定。"

傅有安点头说："看到这孩子消失的背影，许帅当时就说：'太可惜了。美好人生刚刚绽放，说不定我们给他一缕阳光，他将来长大后就能自食其力，回报社会。我们多救助一个人，就给社会减少一份负担。至于他将来能回报社会多少虽不知，至少他不遗害社会。我们多救助一些这样的孩子，将来国家就少建造一座监狱！一定要找到这孩子。'"

入夜时分，车水马龙的街上迸溅着欢声笑语，霓虹染亮春夜的五彩缤纷。古都安阳在矫健昂扬的步履中，充满青春的张扬活力。

火车站广场前，许帅在不动声色地来回逡巡着，目光犀利地扫描着可疑目标的出现。男孩像跟救助人员玩"躲猫猫"，一连多天，这男孩都销声匿迹，巡遍安阳繁华地段，都不见踪迹。你在哪里啊，孩子？难道是离开了安阳？又或者，去浪迹天涯，而刻意躲开救助人员的温情救助？风雨飘摇中的少年，怎么会不渴望一个温暖的家呢？

流浪的孩子在许帅心里挥之不去，党性让他食不甘味，职守让他夜不安寝。许帅执着坚定地独自驾车，驶过熟悉的街道，眼光却全神贯注地扫视。遇到繁华路段或热闹场所，他就悄悄地步行搜索。

时钟已经指向深夜，北大街的鼓楼下，展现着城市的舒缓静谧。作为反扒志愿者，鼓楼犹如许帅最忠实的卫士。阴风怒号，树影婆娑凌乱，夜雨淅淅沥沥，风雨次第袭来，撩起许帅孤独的身影、疲惫的衣角。看来，再一次的搜寻又要在遗憾中无果而终。

许帅蓦然回首，灯火阑珊处，他看到了一堆杂乱破烂，一个瘦小单薄的身躯，颤抖在忽明忽暗的街角，冷风里卷起灰尘纸屑扑卷过去，呛得人喘不过气来。许帅疾步走到近处，蹲下，他看到一张被黑垢禁锢的稚嫩脸蛋。一堆“破破烂烂”里，正是那流浪男孩！面如枯槁，头发蓬蒿在午夜里乱舞，眼神呆滞死寂，阴冷潮湿挟裹，浑身瑟瑟发抖，冷风里它会悄然凋零吗？

孩子此时狐疑警惕地看着许帅，呆滞目光里写满寒冷饥饿，定定麻木地看着许帅慈爱的笑脸，更有冷风凄雨里的孤独无助。在风刀雨箭中，抖抖索索，两行晶亮亮的眼泪，混着雨水溅落。

许帅心底刺痛，迅疾去买温热的火腿肠、酸奶，并用眼光盯紧了这男孩。跟我回家吧！孩子，可别再次逃遁。救助站就是流浪的终点，漂泊的尽头。可是，谁又能想到呢？就在许帅这短暂的买食物的时刻，孩子又再次起身钻进风雨帷幕里，仓皇逃走。

好在，许帅百米冲刺的速度更快。他拉紧了孩子，真诚地微笑着说：“孩子，我是来接你回家的许叔叔，跟我回家吧！”

3

忙碌中连轴转的许帅，温润细致的眼睛，一直在无声地关爱着小莉。看她睡觉习不习惯？吃饭香不香？情绪有没有波动？细致地察看她的生活起居。从风吹雨打中，来到了安静馨香的温室，更要倾注心血呵护含苞的花蕾。

生活阿姨急匆匆气嘟嘟来找他：“许站长，这流浪久了的‘野孩儿’，坏毛病一箩筐，浑身‘刺’。看看吧，又发大小姐脾气来，生闷气呢，脸上能拧出水来。我看咱救助站笼还是小，蒸不下恁大的馍。”

许帅严肃认真地说：“啥‘野孩儿’‘苦孩儿’，小莉是咱救助站的‘心肝宝贝’，我们要时刻关爱、倍加关心。我们要给她最温暖的爱，铺陈出她心底的阳光。”

顿了顿，他特意安抚生活阿姨：“救助站的温暖关爱只要无微不至，我相信，每一个孩子，都是可爱的圣洁天使。”

许帅疾步过去，看到小莉披头散发地勾着头，一副怒气冲冲的样子，用手指狠抠着桌角。突然猛磕一脚桌腿，将桌子踢得乱晃，碗呀、碟呀、筷子呀都叮当震响，饭食溅落，桌上地下，一片狼藉。

许帅悄悄拉过生活阿姨问：“小莉怎么不高兴啦？谁惹她了？”

生活阿姨愁眉苦脸地说：“摔东西砸板凳的，就好生闷气，听不进半点劝；夜里睡不安稳，常常惊觉起夜，被子给你蹬到地下，咣咣当当的，不让人合眼。泪水珠天明滴到黑，在脸上苦楚着。啥东西都偷，见啥拿啥，塞一床底。我看她是惯偷，见啥不偷她手痒痒，心里难受。”

许帅笑道：“离开父母的孩子，得受多大屈辱。来到救助站，这里就是她的家，至于她身上的不良习惯，我们慢慢引导改正，这是我们的职责。无忧无虑的花季里，遭遇伤痕累累，她笑得出来吗？我们一定要春风化雨，让她走进爱意融融的春天，她心里的冰疙瘩，会融化的。”

许帅轻抚着小莉的秀发，像哄自己的女儿一样，笑着说：“看今儿咱莉莉，秀发柔亮顺滑，梳理得好漂亮。看床铺收拾得干干净净，被子叠得整整齐齐。刚来我就知道，小莉是个聪明又可爱的孩子。看看，叔叔给你带什么来了？”

憨态可掬的毛绒绒熊猫，瞪着呆萌调皮的眼珠，冲着小莉笨笨拙拙地卖萌。小莉心底里的暖意冲淡着悲戚，笑容被压抑在厚重的感伤里，久违的关怀让积存的郁闷烟消云散，流露出女孩特有的娇羞——她心底里的伤痕有多深，飘零的日子在懵懂时光里暴虐，她又经历了怎样的心酸苦痛？

焦建平回忆说：“许帅真真切切把小莉当成自己的女儿。很多人都担心，这样爹舍娘不要的‘流浪孩’，别看她是女孩，比泼小子还鬼！收留来都是‘烫手山芋’。许帅诚挚地说过：‘我们一定要全心全意地照顾好她——在她没有找到家之前，我们救助站就是她的家，我们都是她的家人。’”

在救助站人们的精心呵护里，小莉的酸楚压抑在层层剥落。慢慢地心中的阴霾被暖阳驱散，曾经的郁郁寡欢悄悄溜走。性格开朗起来，变得天真烂漫。许帅对小莉关怀备至：每天细致地过问她的精神、生活、身体状况，检查她生活起居情况，随时关注跟踪解决她的成长问题。

野外的一株蒺藜草，在救助站大家庭的呵护下，变成了艳丽的花朵，曾经孤独怨尤的目光里，多了晶莹闪亮，夜晚的睡梦里多了安稳平静，脸色变得红润明媚。

仲秋时节姗姗来迟，宁静整洁的救助站内，银杏树泛起甜润的金黄，勾勒在靛蓝色的锦霞里。救助站里喜气洋洋，大家笑意盈盈。站长许帅自封“许大厨”，忙碌地准备着美味菜肴，美味飘香沁人心脾。一个圆滚滚神秘礼物，被许帅悄悄地提着，轻快来到喜悦里。

蒙在鼓里的小莉，此时正在黄金暖阳里放飞，轻盈的脚步蹬蹬蹬欢跳。当舌尖上的美味荟萃，馥郁的香气氤氲，生日祝福歌声拍响，欢快节奏里小莉被甜蜜环绕，她的泪水无声地顺着脸颊流淌。

她漂泊的心，此时回到温暖家园。小莉，这是你人生记忆里，第一声生日祝福，第一段最美妙的歌声，第一次热烈祝福的掌声——小公主此时擦干泪痕，露出了天使般无忧无虑的笑容，纯真无邪，灿烂温婉。

焦建平感慨地说：“这一刻，枯萎的花朵绽放明艳，美丽可爱的天使，翩翩降落在救助站。再看许帅，满脸笑容里，欢快的掌声里，浸润着喜悦的泪花。”

4

廊边绿萝招摇着的手掌，流淌着生动盎然的绿意，欢迎着初来乍到的家人——垃圾堆里的男孩小宫。许帅默默地扶着小宫的肩头，轻轻走过救助站的走廊，来到了整洁雅致的食堂。

小宫不说话，他不会说话。善解人意的许帅却能读懂他的眼神。在男孩的无声世界里，眼睛是心灵的窗户，和小宫的交流变得不再困难。

热腾腾的饭菜荤素搭配：蒜薹炒肉清香鲜美，香椿鸡蛋松软可口，三菌青菜馥郁芬芳，豆角蒸面醇美浓郁。许帅把食物轻放在小宫面前，比画着请他吃饭的手势，配以坦诚鼓励的微笑。小宫风卷残云般地狼吞虎咽，桀骜不驯从快乐单纯里溜走，场面变得温馨而浪漫。

小宫的家人在哪里呢？无声世界里的小宫，内心是否焦灼着对家的渴望？焦建平回忆说，小宫来救助站后，许帅格外关爱，自己的儿子也没这么上心。可小宫就是个不安分的闷葫芦，捣鼓捣鼓这个，踢打踢打那个，流浪生活的惯性烙刻在他的骨子里，救助站仿佛成了他禁锢闭锁的“笼子”，他常常化身一头焦躁不安的“小兽”，内心里的伤痛扭住着他的黯然神伤。少年心事当拏云，一个懵懂的流浪聋哑少年，他的伤痛掩埋在幽微的心灵深处，经历了怎样惊心动魄的波诡云谲？

许帅看在眼里急在心里。无论小宫做了多出格的事情，许帅总是一如既往地搂紧他的肩头，无限怜爱地轻轻安抚着。

这天许帅找焦建平商量说：“焦站长，小宫是聋哑孩子，我一直在考虑，是不是得送特教学校，学点哑语，识点字，将来到社会也有个‘风火轮’，说不定能帮助他回家？”

焦建平点头说：“好是好，可这孩子游荡惯了，怕不能适应学校‘禁锢’？”

许帅认真地说："正是上学求知的年纪，大好年华岂能挥霍。学到了知识、文化，他的命运也许会从此改写呢！"

焦建平说，许帅要送小宫去上学，那是经过深思熟虑的，为孩子前途考虑深远，真是高明之举。很快，小宫就背着许帅亲自挑选来的书包，带着崭新的学习用品，被许帅领着胆胆怯怯地来到市特殊教育学校，坐在了窗明几净的课堂里。

没安生几天，特殊教育学校的电话就急促震荡着许帅的耳鼓："这孩子老是跟学生打架，我们教不了，你们赶紧领走！不能让一颗老鼠屎，坏了一锅汤！"

当许帅风驰电掣地赶到特教学校，他看到小宫和几个孩子身上都"挂了彩"，大眼瞪小眼，水火不容，火药味一触即发。老师焦躁生气地对许帅说："你看看，这孩子太野。三天打五架，动不动就拳头相向，成了公敌了。赶紧带走吧。"

许帅急忙赔不是说："老师您批评得对！千错万错，都是我们管教不好，多担待，多担待！"

老师依然余怒未消："他想当大闹天宫的孙悟空，我们又不是如来佛。教了半辈子，没遇到这样的愣头青，我还没说两句，对我也要挥拳出手了。想练武就去少林寺！我的天！"

小宫如同斗败的公鸡，有气无力地垂下头来，惶恐地跟在许帅身后，战战兢兢地回到救助站。许帅将拎着的书包放下，静静地看着手足无措的小宫。孩子的眼神是最诚实的，他显然意识到了事态的严重性。这个曾经笑眯眯的充满关爱的人，会轻易地放过自己吗？挨饿？受骂？罚站？吃拳头？暴风骤雨的惩罚即将山雨欲来吧。

许帅平静慈爱地看着小宫，长叹一声，一如既往地将手放在他稚嫩的肩头，关爱满满地流淌开来。一碗香喷喷的粉浆饭，抓挠着小宫饥饿难耐的喉咙，剑拔弩张的斗殴松弛下来，小宫边吃边看：许站长是很生气，可他脸上依然挂着笑容，他有力的臂膀、健硕的拳头没有重击，安静的学校、热情的玩伴、期望的前途真的和自己无缘了？他一时间惶恐不安。

许帅心意坚决，无论如何不能让小宫辍学，可特教学校态度坚硬如铁，将他们拒之门外。许帅堆满笑脸去找老师，无可奈何地吃了“闭门羹”。他没有气馁，也没有责怪和懊恼，而是来到了校长的家门外“守株待兔”，将校长堵在了家里。

面对校长不容置疑的摆手摇头，小宫该何去何从？

第6章

我最痴爱的亲人哪

1

朝霞大马金刀地祛除着晦暗，横扫开厚重阴霾掬来金色黎明。许帅揉揉惺忪的睡眼，晨风里伸展着疲惫僵硬的身躯，用凉水滑过脸颊，旺旺的精神头顿时重新焕发。凌晨时分入睡，在沙发上将就了南柯一梦，昨日记录本上，事情被一项项打上对勾，今日又一大溜的事情跃然纸上。

他急匆匆地出门，穿越繁忙热闹的大街，老崔家扁粉菜门口又排着长长的队。早上一碗扁粉菜，再配上一份葱油饼，那是安阳人的最爱。许帅老远就闻到了熟悉的香味，但他没顾得上吃，就风风火火地赶到托养点。每天最紧要的事，都泡在托养人员身上。看到托养人员生活得安稳开心，许帅心里感到欣慰踏实。

细致入微地呵护照顾，无微不至地精心陪伴，他很快就能熟练地叫出每个人的名姓，熟悉了每个人的喜怒哀乐。生活起居的点滴变化，精神状态的细微改变，一笑一颦间的感情流露，许帅都了如指掌。

“许站长来了!”有人惊喜地打招呼。

“站长！站长!!”喜滋滋地招呼。

“好人，大好人!”啧啧称赞不绝于耳。

安静的房间里涌动着欢喜，那喜悦晶亮地闪烁在眉梢上，溅落在繁密笑靥里。许帅关爱满满地看着他们，点点滴滴的变化熟稔在胸。许帅宛如一缕明媚的阳光，灿烂的温暖通透明亮；亲切笑容捂热了冰冷的心绪，抚慰着孤独寂寞。

看，这个脸上的笑容舒展了，那个头发显得顺溜柔亮了；瞧，这个被子叠得整洁方正了，那个衣服穿得有模有样了；听，无忧无虑的笑声越来越多，盘旋在房间里如同浪花飞溅。看着他们的开心饱满丰盈，许帅的开心彻骨透髓。

而风凉话展眼就狼烟动地，躲在不远处明枪暗箭地翻飞，幸灾乐祸地讥笑，满腹质疑地嘲讽，先入为主地鄙夷……

“看着站长帅模样干净利落，整天净往流浪要饭的那里跑，脑子让驴踢了吧。”

“哟哟哟，新官上任，花拳绣腿。三分钟的热度，会长久了，蛤蟆也能长三条腿!”

“整天跟憨瓜泡在一起，看他那高兴样，看他那幸福样，也真能泡出感情来。呵呵呵……”

许帅的眼光盯着托养的每个细节，吃的伙食好不好？穿得暖不暖？睡得安稳不安稳？环境干净不干净？这些问题许帅都要目光如炬、严苛细致地核查一遍，不放过一丁点问题，那一丝不苟“逼”得托养负责人冷汗直冒。发现不规范的“刺儿”，他火急火燎地要求立整立改，没有半点妥协商量的余地。

“贴鳌子”般的监督立竿见影。许帅一双真情灌注而严苛细致的眼睛盯着，托养机构不敢怠慢，更无法敷衍，旧貌花花眼工夫变换新颜，伙食花样增多、荤素搭配，居住变得整洁有序、干净雅致。

傅有安告诉我，许帅却有更多忧虑。救助站需要照顾的这个特殊群体，几乎都是“药罐子”。他们心底里都留存着多少带血的伤痕？埋藏着多少隐秘的苦痛？梦寐以求的家园在何方呢？他们的父母在哪儿呢？他们有没有儿女，儿女又在哪儿呢？迷离的亲情在天涯海角里深情呼唤着，他们茫然四顾，身体的伤口道道滴血，说不清道不明，心底的伤口何时结痂呢？

疾病，心理阴霾或身体疾病，将他们密不透风地包裹着，流浪的艰辛无声无息地啃噬着灵魂，乞讨的微贱无可奈何地重压着尊严，嚣张病魔肆无忌惮地趁虚而入，肉体、心理疾病层层叠压，皱纹慢慢地爬上风刀霜剑镌刻的脸颊，笑容悄悄地消失在心力交瘁里。

“来，吃饺子，牛肉香菇馅的！”随着热腾腾的饺子出锅，许帅端着盘子来到阿峰的病床前。

“啊……啊……呜呜呜……”阿峰的喉头咕哝着，眼神呆滞地望着他。

许帅鼓励地将饺子送到他的嘴边，他明显感受到了好意，将饺子咬紧嘴巴搅动着，忽而进来的打嗝憋气呕吐，许帅身上即刻“沾光”，很多人都惊呼道：“许站长，有雇工负责，你何必代劳？”

许帅笑道：“没事没事，爱吃就好！”

许帅铭心镂骨地感到，虽然铜墙铁壁、关山重重，要让这些滞站人群“有尊严地活着”，沐浴到丽媚的暖流，“引医入站、驻站照料”，确实刻不容缓了。

2

从风光旖旎的三角湖公园向南，兜着京广列车呼啸的罡风，益民路 123 号，“温情救助，大爱无疆”的金色标语扑入眼帘，这就是安阳市救助站了。

2013 年秋末初冬时分，太行山卷来的寒风飒飒地拍打着挺拔的法桐，撕烂了片片落叶，消散在邈远苍穹。许帅却内心热气腾腾，和副站长焦建平等相关人员一起，兴致勃勃地对相关的医院进行考察。

许帅一心想的是，提前衔接正规的医疗机构，引进精湛的医疗资源驻站，以备这些滞站人员接到站内后，全科医生全天候“医疗保障”，提供“保姆式”的治疗服务。

如果市权威医院能够“应允接单”，许帅简直是求之不得。他感慨地对焦建平说：“我真乐意请他们喝三天好酒，庆祝个天翻地覆。就怕人家大医院，看不起咱这‘小打小闹’。”

许帅和焦建平当时也有分析，很多医疗机构，最主要的考虑是安全责任问题，对于这个特殊群体，不仅需经验独到的全科医生，还需医术精湛的精神病科医生，可是正规医院的医生、护士，谁乐意来伺候一群“痴呆傻”呢？而不进行持续的规范性治疗，这群人永远停滞在疾病折磨里，时刻活在病魔禁锢里，会有身体健康、精神饱满的一天吗？

见了一家三甲医院，许帅是坦诚热切的，可院长没听完，就婉转谢客：“哦哦，许站长，你的想法，让我敬佩。可我们医院现在人手紧张，病号很多，派驻医护去你们救助站，恐怕腾不出人手。”

许帅却咬住不放：“院长，现在党和国家这么重视特殊群体，咱们医院也得响应号召不是？咱医院人这么多，让医护轮班，总是可以的？”

院长言辞客气，笑容满满：“你们做的是利国利民，又功德无量的好事。我们虽有医者之心，但没有你们那么高的境界。很惭愧，我爱莫能助！许站长，相信你会找到更合适的合作者。我们人手吃紧，心有余而人手不够，不好意思，真是无能为力啊！”

端茶送客，端起了笑眯眯的无奈，送走了难料的麻烦。许帅心里装满了失落。正规医院不缺医疗资源，不可预料的风险让他们望而却步，万一陡然出现传染病，疫情如何处理，这天大责任谁愿承担？

民营医院却闻风赶来，人托人脸托脸找到许帅，满口应承着要接下项目，拍着胸脯保证做好。那人鬼鬼祟祟地溜进许帅办公室，掏出沉甸甸的红包，闪烁其词地耳语说：“站长，交给我们，你的孝敬年年有！”

许帅虎下脸回绝：“给你开绿灯吗？乱弹琴！你只要医疗资质过硬，治疗效果上佳，何来弯弯绕！”

那人却不死心凑过去：“你就照顾照顾……”说着丢下红包就要闪人。

许帅义正词严：“这事要私相授受，我这站长脊梁骨得让大家戳断！你想用不义之财来玷污我吗？”

许帅被引导着走进这家民营医院，在那人滔滔不绝的吹嘘中，一瞬间专家云集，疗效特效，无所不能。许帅心底却在剧烈擂鼓，等一身疲惫地回到救助站。许帅悄悄对焦建平说：“这都是不看疗效看广告啊，咋感觉像个吹牛皮的呢？想借这个机会中饱私囊，见鬼去吧！”

焦建平点头说：“我也有同感，感觉是卖嘴的。就是吹破大天去，也不会轻易交给他们。”

许帅镇静地说：“我们引医入站，为的是保障进站人员的身心健康，如果引来几个草包野医，不亚于图财害命！要保证给他们最好的医疗条件，我们才能放心！”

一家家地看下去，不是被大医院回绝，就是有小诊所想组建草台班子。想找个称心如意的高水平医疗机构派驻进站，还真不容易。大家都很焦急，考察越多心情越郁闷。医德医术好、质量上乘的医院不屑一顾来，服务态度差、医术一般的医院想来又不能要。而许帅更是认准了高目标，坚决要将医德好、医术高、素质过硬的医护人员引进来，这么大群人都在期待着华佗在世、妙手回春呢？

当又考察了一家以后，大家都垂头丧气。许帅似乎胸有成竹地说：“大家不要泄气。我们还有张底牌，我感到如果能将这家医院招标来派驻，绝对会履职尽责。”

大家都睁大惊奇眼睛。

3

许帅将目光锁定在市按摩医院。不仅这医院的院长吴青山是他的知己好友，想来关键时刻会出手相助；最主要是按摩医院的医疗水平过硬，特色专科鲜明，理疗实力技高一筹，对许帅意味着“瞌睡来个暄枕头”。

在文峰区解放路，市按摩医院的二楼办公室里，我采访了英俊儒雅的吴青山。他操着一口流利的普通话，眼睛炯炯有神，玉树临风又器宇轩昂。

谈起当时许帅找他的情景，吴青山依然历历在目。当时他正在办公室里为发展规划思忖。许帅刀枪齐备翩然而来。他抛出一揽子方案，让吴青山颔首应允，颇有点“破釜沉舟”、志在必得之势。

刚上班的午后，吴青山沏好了新摘毛尖，心情舒畅地与来访的许帅握手言欢，听完许帅一番慷慨激昂的言辞后，他睁大狐疑的眼睛，倒吸了一口凉气：

“怎么，你还真有这打虎上山的英雄胆，佩服！我们没有精神科的医生，如何照料好他们？没有金刚钻，不敢揽瓷器活。最关键的，万一这么多痴呆病人会集，稍有点风吹草动，这责任可就大了去了！你是考虑周全、形成决策？还真的就贸然上马、大刀阔斧推进了？”

原来，许帅跟吴青山曾经在篮球场上，认真地聊过这件事，当时许帅感到些许失落，焦灼愤懑跳荡在心底。想把这么大个群体，接到站内贴身照料？再引入医护分类诊疗、全天候服务。

许帅是发自肺腑的：“那样一群人，住在我的心里，时刻抓挠着我。我是夜不安寝、食不甘味，你没看看这些滞站人员的托养生活，那叫一个凄凄惨惨戚戚。难，太难了！”

吴青山摇摇头说：“救助站来自习惯执法的收容遣送站，那当年就是威风凛凛的‘大檐帽’，这群‘痴呆傻’人员，惯例都是托养在外。你现在突然要引到站内照料，让管理者变成服务员，大家有些想法，那是一定的。谁想伺候一群祖老爷？摸不得碰不得。多一事不如少一事，反正工资又不少，这想法是正常的！”

“青山兄，你是我的发小，就这么冷冰冰地一棒槌砸下来，我的心霍霍生疼来！他们放在托养机构，饿了给口饭吃，整天价待在房间里困着，有病的得不到好的治疗，雪上加霜的郁闷呆滞，像圈一群牲畜，没有病的也压抑禁锢出病来！精神抚慰、娱乐活动压根没有，生活质量无从谈起。”

“你想想，如果我们设身处地，就是他们中的一员，经过了舍家离母的流浪生活，也住在了那种小床上，望着方格子外四角的天空，任流金岁月一天天走过，那是一种什么样的生活！他们不是憨瓜傻子，他们是人，是有可能恢复正常的人！他们的父母兄弟姐妹等一大群人也在牵挂着他们！我们救助站又做了什么？我们又能做到什么？想起来都觉得憋屈得慌！”

“慢慢慢。许帅，许站长，驻站照料，有没有上级文件？有没有现成模式？你要做救助领域第一个吃螃蟹的人啊？你想没想过责任？按照惯例在外托养，万一出点问题、发生点状况，托养机构总脱不了干系！而一旦接到救助站里，大事小情，都是你救助站承担，你许帅首当其冲！你真得好好想想。”

许帅吼了起来：“难难难！想办就不难，不想办一根草就是拦路虎！说穿了都想躲清闲、当老爷，怕麻烦、怕担责！现在党中央对民生问题高度重视，对困难群体实施兜底工程，这就是最大的文件！为了一群可怜的人，为了我救助站长的职责，更为了我作为共产党员的党性，出了所有责任都由我许帅一人承担！要杀要剐我的人头落地！”

吴青山告诉我，看许帅那是吃了秤砣铁了心，也知道他遇到的重重困难憋在心里。从收容遣送到温情救助，从在外托养到“引医入站、驻站照料”，是从一个冷冰冰的执法者到温情脉脉的服务者的转变，这个转变注定是刀刃对内的刮骨疗毒般的阵痛，这阵痛在撕裂煎熬着许帅，可为了那一群生命，他豁出去了！

眼下，许帅攻城略地来到了按摩医院，看样子是非得攻下按摩医院医护担当驻站不可。吴青山看看许帅，陷入了深沉的思虑，说：“这事，你得让我好好想想。我们医院没有精神病科的医生啊，我怕担当不了你这个重任，你还是饶了我吧！另请高明去。”

许帅却步步为营：“你也是共产党员，你也得为这些特殊群体解难分忧，我特别看好你们医院，你再推三阻四，就对不起党和人民了，更对不起这群受苦受难的人，这个菩萨你得做到底!”

吴青山心疼地看着焦虑万分、坚定如铁的许帅，怜惜满满又心潮澎湃。

4

许帅照例来到了托养点。这次，陪在身边的，是好友吴青山。

许帅一进门看到有人蜷缩在地上，强直后阵挛性痉挛，面色青紫，雇工正在那里手足无措。许帅急慌慌地一个箭步过去，将他从冰凉的地上抱起来，小心翼翼地放到整洁的床铺上，看着他一脸惊恐扭曲的样子，似乎病魔又在五脏六腑间翻滚。

许帅叹息说:“这癫痫反反复复，让人操碎了心。打 120 了没有?”

雇工满头大汗地说：“电话催几遍了，救护车正在路上。”

许帅焦躁地看着这突发病的病人，立即给他盖上一床棉被，将他的身体揽在怀里，用毛巾擦拭呕吐物，于是许帅的身体和这病人一块儿颤抖，连带这床腿也在吱吱呀呀地晃动。

病人被接走后，雇工局促地说：“哎呀呀，许站长，看你这身衣服，被这熊孩子给吐了，快脱下来我给你擦擦。”

许帅自己用毛巾随便擦拭几下，故作轻松地说：“哪里来的熊孩子，良言一句三冬暖，恶语伤人六月寒啊，他们本身就很可怜了，照顾好他们就是对党对国家最大的贡献。我代表救助站谢谢您!”

许帅照例巡查托养情况，吃的有荤有素，瘦肉加时鲜小菜，看起来令人垂涎欲滴；被褥明显是刚刚换洗的，显得清清爽爽。人员安安静静地在房间里，少了忧郁多了平静安详，许帅稍微有些心情愉悦。

“把滞留人员接回来，这样做风险很大，”吴青山善意地提醒他，“这些滞留人员比孩子还难管，稍不注意就在房间里大小便，没事就撕床单，螺丝拧得再紧都能把床板卸下来，保不准哪天捅出什么娄子来！你想想，如果站外代养出了问题，至少代养机构脱不了干系；如果在站内发生意外，那救助站可是要担责的啊！”

许帅眼神坚定，语气执拗地说：“救助站就是这些流浪乞讨人员的家。家是啥？饿了有饭吃，困了有床躺，病了有人管，求告时有人应。代养机构的服务质量，我总是不放心。我不能把他们往外一推了之！只有每天都能看到他们，我心里才踏实。”

他对吴青山说：“你也看到了，我为何要坚持引医入站，疯狂肆虐的病魔如高悬的钢刀，随时侵蚀着他们的肉体，拷打着他们的灵魂，所以，要想让他们恢复正常生活，正规的医疗保障至关重要。干任何事都会有风险，关键是如何把风险降到最低。你放心，大家一起干，出了事我承担！”

吴青山告诉我，当时看着许帅衣服上的斑斑污垢，又看着他眼神里流露的善良，心底最柔软的东西被搅动得翻江倒海，就若有所思地对许帅说：“许站长，你就没有想到过一点点责任问题，就是要一竿子捣到底、一条道走到黑。职工会支持你吗？”

我追问：“看得出来，他是要缠你答应‘引医入站’。”

吴青山点头说：“是啊，从小到大，许帅跟我说事，都是掏心窝子的话。不过看得出来，许帅对这事儿很坚决。”

许帅当时点点头说：“‘民政为民、民政爱民’，我们应该记得这工作宗旨。要说咱救助站的职工，基本素养高，识大体、顾大局，早就统一了思想，鼓足了干劲，满心欢喜地迎接这些特殊群体的到来。你要说脏说累，责任重大，我们早就置之度外；你要说困难，困难重重，我们决心迎难而上。”

“就像盗火的普罗米修斯，明知道会遭遇烈火灼心的痛苦，他依然愿意引来光明普度人间。为了这些特殊群体，我许帅凭党性、职责、良心，就算被烈火焚烧，我也心甘情愿。”

“局党组也首肯了？”

“是啊，领导站得高，看得更远。我向领导敞开了心扉，当然也赢得了领导坚定不移的支持。我始终坚信，只要是对的，有利于特殊群体的举措，局党组会支持！这也是鼓励我做好工作的根本。”

吴青山点点头说：“是啊，民生问题，是党委政府的着力点，就是民政部门的‘天’。解决最烦琐艰难的民生问题，就是我们做好‘兜底’工程的承诺。这一点，我充分理解你！”

“这么说，你同意医护派驻了？”许帅惊喜爆棚。

“嗨！我同意不同意，不还有筛选招标程序吗？看我们医院能不能幸运被选上？不过，我已经选派两名有经验的医生，去进修精神病方面的学科了，力争能关键时刻助你一臂之力。”

“啊啊，老伙计，真有你的！走，我得请你好好喝一顿，喝他个一醉方休！”许帅真是有说不出来的高兴。

吴青山摇摇头说：“请客？不需要；送礼，我也不收。如果你真想庆祝一下，不如我们去打一场篮球，我倒想跟你切磋切磋。说说，你这家伙自从当了站长，把心都给了你这一群漂泊流浪者，把这帮球友都忘到九霄云外了。你就这么忙，连篮球也不摸了？!”

许帅摇摇头，恍若隔世，说："一天从早到晚，忙得脚打后脑勺！你说要把这百十号人接家来，这家我总得拾掇得舒适温暖，我就给它来个大'变脸'，也借着机会，我们创建国家二级站。时间紧、任务重，我基本吃住都在站里，哪有工夫打篮球？奶奶也老埋怨我，回去看她的时候少了，哎，没办法！"

吴青山紧紧地搂住许帅的肩头，有力的臂膀，会意的眼神，鼎力的支持，传递着蓬勃万钧的力量。

第 7 章

阳光真是七彩虹

1

“看球!”

篮球倏地划过跳荡的队员头顶，身着 9 号球衣的许帅，在篮球场上担纲中锋，运球飞奔如狂风暴雨，跑成一道晃眼的红色旋风，又如扑闪热烈的火苗，篮球“砰砰砰”地在他的手掌上翻飞，力量与速度在激情里绽放。辗转腾挪起一个干脆利索的飞箭步，“蝴蝶穿花”，擎起如满月灿射，哐当一声，稳妥妥扣死篮筐!

在采访市按摩医院院长吴青山时，他深情回忆起许帅在篮球上的勃发英姿，啧啧称赞道：“许帅我们爱在一起打篮球。他一米八的个儿，健壮麻利，擅长打中锋！跑起来虎虎生风。爱穿红色球衣，人称‘红旋风’。”

许帅对红色有着痴情的偏爱，这在许宏刚看来，那是融进血液里的基因。小时候戴红领巾，许帅总是整整洁洁地将红领巾系在胸前，那份自豪洋溢在眉梢，到家后又恭恭敬敬地叠好，方方正正地放在木盒里，不允许有半点褶皱和灰尘，这神圣的红领巾飘扬在他的童年里。

几年后加入共青团，他的胸前最喜欢佩戴的就是红霞霞的团徽，像是一团火焰跳动在心头，激情澎湃而朝气蓬勃。2005 年 12 月宣誓入党后，许帅在工作中总是冲在第一线，走在最前头，他说：“我是党员！就应该做标杆和表率!”

好个健壮儿郎：面如润玉，虎背熊腰，灵活如猿，奔如硕鹿，风驰电掣，爆发如雄鹰翱翔，篮球在他脚步里欢跳不息，篮筐也张大惊喜的嘴巴赞赏！尖厉哨声此起彼伏，队友的欢呼和对手的叹息混响。

许帅最佩服的是美国篮球巨星“大鲨鱼”——奥尼尔。奥尼尔身高体壮，作为NBA伟大的中锋，主要得分方式为挤进内线的扣篮和篮圈正面的小勾手。在禁区里雷霆万钧的扣篮如入无人之境，被称为“大鲨鱼”，在内线具有无坚不摧的杀伤力，助攻能力同样不容小视，“盖帽”也让无数成名豪杰在禁区内惊叹。

吴青山感慨地说：“许帅就是我们球队的‘奥尼尔’，配合默契带动整体攻势，带球突破更是技高一筹，宛如‘飞人’的雄姿。”

刹那间，许帅腾挪身体，晃过铁塔般的防卫和紧箍的双手，“拜佛过人”，三步跨栏起跳，篮球打着旋儿砸向篮筐，又在篮筐与篮板间砰砰跳荡，打着提溜落入篮网。“海底捞月！”人群里一阵唏嘘欢呼。

许帅碎步控球声东打西，剽悍流利地切入突破，神鬼莫测的运球轨迹，动能勃发的妙传绝技，绵密的控球和迅捷的脚步，一点一点推进到三分线边缘。篮球欢快地在许帅手中跳跃着，很快一个三分球就要惊艳亮相。

忽而对方球员斜刺里闪身抢断，一个踉跄中栽倒在地上，许帅慌忙中光顾着扶人，而球被对方轻而易举地“仙人摘桃”。在一阵的嬉笑声里，篮球画出优美的弧线将“三分”收入囊中。

许帅此时却扶着那位摔倒球员，拍打拍打身上的泥土，关切地询问查看有没有受伤？抱住对方肩头安慰说：“对不起！对不起！”

对方感动抱拳：“偷鸡不成蚀把米，被小鬼绊了脚！”

许帅拍拍对方肩头：“好兄弟，比辉煌赢球更重要的，是诚挚的友谊！”

密集的观者蒸腾着冲天热情，啦啦队的叫声迸溅飞扬。

许帅擦拭一下铺满额头的汗珠，天真无邪地微笑着，打了个“OK”的胜利手势。面对两名防卫夹击队员“虎视眈眈”，篮球以精妙的时间差，钻进似乎决无可避的人墙罅隙，从对方的胯下刁钻地蹦出，队友吴青山恰到好处抄过妙传，迅猛地起跳投篮！“黑虎掏心”，命中！

“好球！好球！”喊叫声掌声如山洪暴发。

2

“……英雄猛跳出战壕
一道电光裂长空，裂长空
地陷进去独身挡
天塌下来只手擎
两脚熊熊蹚烈火
浑身闪闪披彩虹
为什么战旗美如画
英雄的鲜血染红了她
为什么大地春常在
英雄的生命开鲜花……”

许帅的男中音清澈透亮，淳朴敦厚，珠玉跳荡，圆润光泽地敲打着耳鼓，磁性如天籁回旋，神圣的五星红旗在许帅的深情演绎中，将单位联欢会推向高潮，飘在每个人心旷神怡的心空，热烈的掌声澎湃起来，幸福洋溢成沸腾欢乐的海。

“许帅，‘大才子’一枚。每逢单位开展文艺活动，许帅都当之无愧被推举担纲主持人，串词、策划、排练‘全盘端’，歌喉健若游龙、翩若惊鸿，有名的‘金嗓子’。”市民政局地名办副主任冯琳回忆说。

冯琳秀丽端庄，兰质蕙心，如出水芙蓉。谈起许帅，桩桩件件犹在昨天，栩栩如生地娓娓道来。

机智幽默、插科打诨的主持人，是许帅多才多艺的另一面。单位的文艺活动丰富多彩，成为联系群众的“红色轻骑兵”，演出节目围绕“民政为民、民政爱民”的鱼水情深，把民政人在新时代的精神风貌演绎得惟妙惟肖、栩栩如生。

快板、小品、歌伴舞、相声、戏曲多种多样，许帅忙忙碌碌地编排节目，构思、遣词造句、排练、舞台灯光、音乐旋律、节目衔接，“流水线”般的设计千头万绪，许帅总能干脆利索地删繁就简，在丰富节目间陶醉其中，编排得井井有条。

等到了演出时刻，身着一身笔挺的蓝色西服的许帅，扎上板正的领带，大步流星地踏上舞台中央，朗声大嗓厚实磁性，体态优雅话语风趣。一台联欢会拉开心花怒放的大幕，在欢快娱乐中给人思想的启迪，在活灵活现里扣敲灵魂的警醒。

压轴节目总是要惊艳登场，也凝聚了大家共同的期待。“许帅！来一首！许帅！来一首!”这时许帅就从主持人变成了歌手，美声、民族混合通俗唱法，将经典与现代联袂演绎，铿锵优美的旋律，金戈铁马的唱词。歌声像刘欢、孙楠，亦如张学友、周华健。现场欢腾的波浪此起彼伏，联欢会在歌声中高潮迭起。

慷慨激昂的小泪花，滚落在歌声中飞扬，挂在你晶亮的眉梢上，是什么触动了你侠骨柔情，打湿了雯雯心扉。生在新中国、长在红旗下，难道你的思绪被红旗漫卷到了祖辈率领敌后武工队神出鬼没驰骋在抗日战场，在枪林弹雨中与日寇殊死搏斗、同仇敌忾中，多少次炮弹从头顶呼啸，多少次与日寇秣兵血刃……

你还是想起了父辈在经济战场起早贪黑地无私奉献，将大好年华耕耘着繁冗的车间、城乡的市场，打造出精美产品飞向千家万户，为工作废寝忘食地默默付出，为开拓呕心沥血地缀网劳蛛……

花开岁月里的闪闪的红星，小小的许帅雄姿英发，随着雄壮歌曲一路走来。童稚声音里嘹亮着豪情壮志，小船儿荡起双桨划开波光涟漪的童年，谁给我们安排下幸福的生活！啊，呵护你的是党和政府！珍爱你的是祖国和人民！

又或许……

歌声响起来，心潮在澎湃。会时当展凌云志，我以我血荐轩辕。他日濯濯猎长空，悲悯遗爱万人怀。你是赤子，就化作祖国母亲的一朵嫩芽；你是骄儿，在苍茫大地展开最美的图画：

“……那是从旭日上采下的虹

没有人不爱你的色彩

一张天下最美的脸

没有人不留恋你的颜容

你明亮的眼睛牵引着我

让我守在梦乡眺望未来

当我离开家的时候

你满怀深情吹响号角

五星红旗，你是我的骄傲……”

3

“紫薇花开百日红，轻抚枝干全树动。”

许帅家的阳台上，摆满了大盆小盆的花花草草，是许帅珍爱的“小花园”，虎皮兰、绿萝、君子兰、桂花树、文竹、发财树、富贵竹等，高低错落、浓绿尽染。他最偏爱的，当属气宇高昂、清新雅致的紫薇花了。

风吹树摇，花潮涌动。紫薇树干光滑，猴子也难爬上去，又名“猴刺脱树”。以手指挠抓树干，满树枝叶都会颤动，被唤作“痒痒树”。

这是许帅嗅到的童年里第一抹香味，奶奶家庭院深深，一棵遒劲葱郁的紫薇花树，清新馥郁的幽香，淡然雅洁，清新宜人，星星状的袖珍小叶，圆润光洁的质感如深绿色金丝绒，一嘟噜一嘟噜淡紫色碎花，像布满水晶的花帘，密密匝匝地挤在一起。

许帅从奶奶老树剔来的羸弱小苗，栽到了花盆里，初始长势有些蔫啦巴叽，许帅施肥、浇水、松土，精心地照料，稚嫩苗儿挺拔起俊秀身躯，紫色的花瓣在盛夏里怒放。阳台上的紫薇花开了，开在炎热的盛夏，花团锦簇，相拥相依，在强烈的阳光下，随热浪而徜徉……

在奶奶的故事里，紫薇仙子是紫微星的化身，从邈远星空下凡而来，为了降服名叫“年”的凶恶野兽，伤害人畜的年被锁进深山，紫微星一年只准它出山一次。紫薇仙子便化作碎花摇曳、香阵馥郁的紫薇花，留在人间，洒满平安和美丽。紫薇仙子将会带来一生一世的幸福和平安。

锦簇云在笑，紫薇花弄影。花球聚拢在一起，蜂儿蝶儿在花间翩然起舞。静仪绰姿柔，闲落灯花处，许帅会绵绵细语倾诉于轩窗外，那棵摇曳在风中的紫薇花，不与群花争春，一枝独秀，淡雅高洁。花仗默默地守候在他的身边，承载着青春忧伤里所有的心事。

许帅常常出神地望着紫薇花，让思绪在花事烂漫里放飞。紫薇花一串串，一簇簇，花团密集，花瓣呈圆锥形，就像转笔刀吐露的笔屑，宛如布满皱褶的丝绢，花蕊点点体态妩媚，随风摇曳娇羞缱绻！在丛丛绿茵中绽放着，娇艳欲滴，在滚烫的炎夏的热流里，色彩依旧斑斓，刚毅绽放！

“盛夏绿遮眼，此花红满堂”。许帅会在紫薇花旁，浅唱低吟《紫薇花》。清风徐来，花香浮透，书声朗朗。

这里有宋代杨万里：“似痴如醉丽还佳，露压风欺分外斜。谁道花无红百日，紫薇长放半年花。”

有盛唐白居易：“丝纶阁下文书静，钟鼓楼中刻漏长。独坐黄昏谁是伴，紫薇花对紫微郎。”

更有晚唐杜牧：“晓迎秋露一枝新，不占园中最上春。桃李无言又何在，向风偏笑艳阳人。”

此情此景，花影扶疏，古风浩荡，何等文雅高洁！

许帅阳台布绿的一角，是龙种金鱼的“水中花园”，凤尾红龙睛结伴蝶尾墨龙睛，从明宣宗朱瞻基御画《鱼藻图》游来，嬉戏在油油招摇的彩虹圆叶东，穿梭在随波摇曳的绿菊花西，呢喃在姿态飘逸的苦草南，沉浸在手掌娇嫩的迷你矮北。这方小小的“水世界”，是许帅为它们布置的温馨天地。

水缸底部铺上一层从洹河里采来的洁净细沙，和清澈明亮、从殷商流过的三千年洹河水相依相偎，于是昔日形影不离的彩虹圆叶、绿菊花、苦草、迷你矮也被许帅小心翼翼地从洹河龙君处请来，让洹河涟漪荡漾在居室一角。

许宏刚告诉我：“帅帅喜欢种花养鱼，花香袭人，鱼翔浅底，使他陶醉其中，颇富生活情调。”

当紫薇仙子的娇蕊不经意地打落水面，这黑白龙睛们不安分起来，争先恐后地“拈花惹草”，给仙子来一个亲密接触的“热吻”，仙子衣袂飘飘不停地坠落“水晶宫”的苍穹，鱼儿们也热情高涨地“争相献媚”。

许帅看着水面的涟漪一圈圈扩散，心情也变得空灵缥缈。“你们一个个逍遥自在的‘呆头龙’，会收到紫薇仙子的媚眼吗?”

茶余饭后，花前月下，许帅都能听到这浓缩版的洹河哗啦啦柔柔低吟，黑红龙睛就翻动着“水晶宫”里的浪花朵朵，拍打在许帅甜美的睡梦里。

第 8 章

想要有个家

1

许帅和焦建平推开落满灰尘的房间，一股浓重的霉味扑鼻而来，这是年久失修的讯号；房间内生锈的铁栅栏，如忧郁孤独的雾列雄兵；残破的木门吱吱呀呀地轴响，墙壁星星点点斑驳陆离，理想丰满在现实骨感面前冷战。

看了一个房间，许帅仔仔细细地用笔记本记录着，面积、物品、摆设等跃然纸上。“这房间是得彻底改造了。如何让他们住得安全舒适，还要干净整洁，更要功能齐全，整改标准一定要高，按一级站的标准构想，至少瞄准‘国家二级站’。”

再踱进一个门楣，他认认真真地打量着每一个细节，目光集聚地思考着：线路如何改造，房间如何装修，物品如何购买，才能更适合这些特殊群体……“没有经验，我们摸索经验；没有模式，我们开辟模式。有中央对民政救助‘兜底工程’的要求，我们要尽心尽力把好事办好，让他们感受家的温馨温暖。”

看了一遍，需要处理的问题搜出一箩筐，最后落到最要紧的“钱”上。没有资金，再美好的设想都犹如竹篮打水，而改造绝不是小打小闹的修修补补，务必得伤筋动骨地焕然一新，才能让执法遣送的威严旧痕，“变脸”成暖融融的温情救助家园。

改造资金从何而来？苦苦思索、处心积虑的许帅，冥想的火花引爆，突然眼前一亮说：“申请创建国家二级站，岂不一举两得？”

焦建平也击掌欣喜说：“对啊！现在民政部正在救助系统开展创

建国家二级站，我们就应该借好这个东风。安阳作为咱河南的北大门，有这个优势。”

许帅若有所思地说：“我们标准要瞄高，确保二级站，力争一级站，见红旗要扛，见第一要争。前方注定会是坎坷不平。我是站长，我年轻，遇到困难我拔头筹、打头阵!”

许帅的设想引起救助站群情振奋，齐心协力，众志成城，一场克难攻坚的战役拉开了帷幕，可漫漫长征刚跨出第一步，意想不到的困难便接踵而至。

首要的是“罗锅腰上树——前（钱）缺”，不能“画饼充饥”，只是“望梅”也止不了渴。而这最重要的任务，非许帅莫属。为了打创建国家二级站的资金申请报告，许帅埋头在办公室连熬了几个通宵。

在太阳与月亮的轮回里，他快速敲打键盘，字体如飞蝗般跳荡屏幕，让真情倾注其中，将爱心弥漫字间。在星星与夜幕的交织里，饿了泡碗方便面，渴了喝口温开水。字斟句酌，反复修改，一次次推倒重来。直到一周后东方露出鱼肚白，霞光为窗口灿射一抹金色黎明，许帅才极度疲惫地伸展着僵硬的腰肢，揉动着惺忪干涩的双眼，眼皮极其凶悍地打起架来，他歪在沙发上酣然入梦。

报告逐级提交后，许帅就跟报告“黏”上了，他一关一关地贴近跟踪，跟领导陈情创建国家二级站、驻站照料救助人员的重大意义。看对方似懂非懂，许帅更愿意来个“真情感动”。

手机里就有救助人员的照片，来，你看看，他们生活的境况，是不是有些难尽如人意。我们申请到了资金，看看我们的二级站宏伟蓝图，看看这功能齐全的救助设施，你说他们会过上一种有“家”的幸福生活吗？我们申请的资金，就是为他们建设一个温馨的家，因为他们是一群无家可归的流浪人员，多可怜！

这时候，许帅的眼角是湿润的，眼睛灿射光芒，他是发自肺腑地动了真情。这诚挚的话语最有亲和力，闪烁的泪花最有感染力，对方此时已经被深深地触动。一个救助站长，为了一群流浪乞讨人员，如此这般地动了真情，那是共产党人的"忠诚"和"良心"，他们都愿意主动地添把柴火，也给了许帅最有力的支持。许帅虽然磨破了嘴，跑细了腿，可报告最终顺利过关，一路通畅获得批准。

救助站上下一片沸腾！一副重担终于挑在肩，他踌躇满志而又摩拳擦掌。

焦建平告诉我："后来，许帅不止一次地对我感慨。这不是我许帅有能力，而是我有幸生活在这个伟大的新时代。我们民政干部队伍，那是藏龙卧虎之地，他们是最优秀的一批人。风清气正，睿智干练，抓铁留痕。有这样一大批领路者，我们民族伟大复兴指日可待。"

2

创建国家二级站，需要准备的材料有多少？救助站同事笑谈：如果一页页排起来，恐怕也不亚于一条洹河。

资料是创建的"筋骨"：一系列的表格要填写，数据要客观真实；各项的规章制度要充实完善，做到规范扎实；有的资料跨度几十年，纵横地方人文；有的标牌需要斟酌词句，让温情的语言、大爱的氛围，在救助站蔚然成风。

加班，成为救助站同事的家常便饭。赶材料，没有现成的资料借鉴，那就动手敲打，一行行地码字，聚沙成塔，集腋成裘，当成群的“蝌蚪”在电脑屏幕上排兵布阵，昂首挺胸地迈着整齐的步伐跃然复印纸上，那苦思冥想后的喜悦和小小的成就感，就在洁白的纸张上流淌。

对于每一项资料，许帅都是要亲自把关、仔细审阅，总是改了再改，修了再修。反复捶打磨炼、推敲斟酌，直到大家都觉得“OK”的时候，许帅却依然要拿着放大镜，给材料“鸡蛋里边挑骨头”。他就要材料一定亮出“彩”来，将评审专家“电”到。

许帅从忙碌里腾出神来，连打着哈欠，语重心长地说：“这是申报国家二级站，你想想，民政部、民政厅，他们看材料的水平有多高，随便扫一眼就能看出痤子麻子。所以，要精确到每一个标点，筛掉每一个错别字，‘千里之堤，毁于一穴’。人家评审专家，就是给你‘挑刺’的!”

为了将创建国家二级站的战场预热，许帅吃住都搬到了站里。有时饭点到了，可是一个材料正赶在兴头上，那就顺着兴儿大干快上。饥饿被热情驱散，饭点被工作断开。同事送来的饭菜正冒着热气，他却顾不上趁机下肚。“灵感来了，挡也挡不住，就要趁热打铁，饭热点凉点的，不误吃!”

可现在正是滴水成冰的季节，过了饭点的美食颇为委屈，饥饿难耐的胃口却不依不饶，不约而同地向他“呐喊示威”。顺手冲些开水“提提神”，半热不凉地狼吞虎咽下肚，午餐移到了三点半。

熬过了晚饭点，他又要跟车巡逻，在街上一跑就是几小时。等回到办公室，看着午夜城市的万家灯火，工作劳顿里的饥饿阵阵袭来，一个白面馍就咸菜或者一碗方便面加火腿肠轻松对付。

我说："看来，为争取二级站，你们都秃噜了一层皮。"

"废寝忘食"在许帅这里，成为忙碌里的一种最常态。有时按点吃饭，他也是匆匆扒拉几口，风风火火地撂下饭碗，又是一路小跑。"工作千头万绪，有一群人正在那里期待着我们，我拖延一天，无情的病魔就折腾一天；我懈怠一秒，温馨的家园就只能风雨飘摇。我必须一路狂奔，不能有丝毫倦怠！他们期盼的眼神，时刻剜着我的心。"

他既当指挥员，更是战斗员。事事躬亲走在前，件件落实细过问。紧张忙碌时刻，这里变成繁纷复杂、克难攻坚的战场。没有枪林弹雨，却也殚精竭虑；没有硝烟弥漫，却也夜以继日。哪里是"最硬的骨头"，他扑上去就"啃"；哪里有最烦琐的事儿，他毫不犹豫地冲在"最前线"。

材料一盒盒地增加，在档案柜排成一道"最美的风景"。看着这些热情淬炼的资料，许帅总是要对照标准自查。他此时把自己当成了专家，他要用"专家的眼光"去审验这一摞摞材料，说穿了就是戴着"放大镜找茬"。真的是完美无缺，能一举成功吗？

洁白的灯光下，许帅仔细地一项项翻看，列队闪烁的"蝌蚪"在犀利的眼光里游动。冰冻瑟瑟的宝蓝色苍穹在悄悄地物换星移，偶尔会有光华璀璨的流星悄悄划过。五彩斑斓的城市陷入了夜的静谧，呼啸驶过的列车在脚下繁忙穿梭。睡意一阵阵袭来，看看又到凌晨时分，他用凉水搓了两把脸，在原地做了一阵俯卧撑，冒了一层致密的细汗，精神头重新从疲惫里潜滋暗长起来。

一换位检查，搜罗出来的问题还不少，材料真是越改越精致。看来一分辛苦一分成绩，一分耕耘一分收获，是颠扑不破的真理。你想建成高标准的二级站，却没有拿得出手的"绝活"，就不会打动评审专家的“慧眼”，你敷衍了事如何能一朝“脱颖而出”？辛苦熬夜不怕，反复淬炼不怕，汗流浃背不怕，要是真的在评审中“铩羽而归”，许帅啊许帅，你的罪过可就大了。

你把这么多人的“家”弄丢了，你有颜面见安阳父老吗？

3

这个属于2013年的凛冽冬季，虽然阵阵北风从太行山翻卷过来，豫北大地却麦苗儿油绿发亮，铺开静谧壮美的画卷。安阳救助站里，一派热气腾腾。

焦建平回忆说，许帅当时意志坚定：“就是崩了门牙，也要咬碎这个‘硬核桃’。”

房间改造是块难啃的“硬骨头”，也是创建二级站能否成功的关键。从威严戒备的收容遣送模式，切换到设施完善的温情救助模式，是一次沧海桑田的“变脸”。模式切换能否成功，需要壮士断腕的慷慨，需要脱胎换骨的阵痛，需要刀刃向内的勇毅。

改造工程在机器的嚣响和怒吼中拉开帷幕，残破的地面支离破碎，斑驳的墙体层层剥落，弥漫的灰尘狼烟洞地。工人戴着厚厚的口罩，浑身裹成个泥人，而许帅也在卷起的灰尘中监督施工情况。

工人们都不好意思地说：“站长，这里灰土狼烟的，不能让领导跟着‘吃灰’。”

许帅一丝不苟地说：“师傅们辛苦了，谢谢你们。我‘吃灰’不要紧，可不能让质量‘打折’。施工来不得半点马虎，出现一丁点儿瑕疵，就是创建‘软肋’，多了一粒‘硌脚的沙子’，谁都不落忍。”

冰冷厚重的铁门被“解除伪装”，“铁将军”咣咣作响着发出声声叹息，无可奈何地砸进废品堆里，顿时失去了曾经的威仪。而粗硕的锈迹斑斑的铁栅栏、铁窗，漆黑的光泽滚落了冰冷的水滴，在切割机的“铁齿铜牙”里“寿终正寝”，哐当翻倒的铁栅栏、铁窗来了个“倒栽葱”，也被无情地抛入故旧堆里。

许帅很快发现了问题，这些顽固不化的“铁家伙”，留下了斑斑点点、参差不齐的“铁茬子”，显然切割机的规格也不能切割得太过齐整。

许帅皱紧了眉头：“这些‘铁茬子’就是安全隐患，万一躲在暗处擦剐到人，能戳个血窟窿。必须打磨平。”

施工负责人难色涂面说：“许站长，割麦还留‘茬’来，还别说切钢筋？砂纸打磨，费时费工费力，差不多要下‘钢杵磨成针’的功夫。我看算了吧，咋能恁较真呢？”

许帅斩钉截铁地说：“不行！我们的救助对象有些精神失常的。一点小毛刺，可能酿个大事故！这不是危言耸听。师傅，我们更不能忽略细节啊。你们人手不够，我帮你们干！”

打磨果然是个力气活，可只有精细的力气才能将“小毛刺”挫掉。等到拔除“刺头”大功告成后，许帅走过来，一一用手指头“督查”，直到最后全部触摸一遍，许帅才露出欣慰的笑容。“这不是我苛刻，为了我们这样一群特殊的‘家人’，我们就得慎之又慎。”

装修材料运来了。这是居室美丽的“外衣”，一定要合格安全、绿色环保。许帅仔细地检查着每一项材料，涂料、板材、地板，他都要检查生产合格证，各项数据都要查看一番。“这材料也要‘全面体检’，不能让不合格的材料‘滥竽充数’，否则你就给我砸掉重装！”

终于还是发现了问题，地板必须是防滑的，你防滑标准不高，为何要鱼目混珠呢？“看看吧，看看，这地板我一摸上去防滑度就不够。知道吗？这个问题我专门请教过专家，也上网搜过，咱不要糊弄。好不好？我们救助站本身就是民生工程，都是慈善事业，如果这钱你也‘火中取栗’，怕不合适吧！”

施工负责人咋舌吃惊：“我的娘来，这许站长真有‘火眼金睛’啊。看来，我不做成优质样板工程，得‘吃不了兜着走’了！”

许帅说：“创建成功国家二级站，我请你吃道口烧鸡！喝洹河玉液！庆祝庆祝！”

施工负责人语调哽咽说：“我看得出来，这次整改你倾注的心血，你日夜泡在站里，方方面面操碎了心。看看，你眼里布满的血丝……我会竭尽全力……一定！”

4

一个个功能室在许帅脑海里规划成熟，共有19个，孕育良久的“新生儿”就要呱呱坠地，从蓝图上雄姿英发地亮相救助站里。

是体检室。体检是流浪乞讨人员进站的第一关，初步筛查，掌握基本情况，然后分类诊疗，妥善安置。温暖柔软的躺床洁白如玉，心电图、验血设备一应俱全。人员到了这里，第一次健康体检有了“详细档案”，也让后续的安置治疗做到了“精准施策、有的放矢”。

理疗室。“痴呆傻”人员因为流浪乞讨，最缠手的病是挥之难去的慢性病。理疗康复引入超短波与磁疗、牵引配合中药导入、电运动仪通过经络按摩、高频电疗配合磁疗、激光与磁贴。应用物理因子的刺激反应，纳入综合治疗中，作为辅助的治疗手段，让他们从病魔手里解脱。

心理疏导室。如何有效地截断“痴呆傻”的后路，让他们回归普通人的正常生活呢？许帅经过深入研究，有了自己的想法，要给他们进行不间断的心理干预，让“痴呆傻”的“污垢”一点点冲走，还原他们本来的面目。

语言康复训练室。有的救助者说话嘟哝不清，思维更是混乱，有的说不成句，只能偶尔蹦一个字还含混不清。语言康复训练希冀能让他们排除障碍，唤醒记忆，只要他们能说出他们熟悉的家乡，道出梦寐里的亲人，就能送他们回家。

浴室。崭新的热水器充盈着 24 小时的热水，淋浴设施全部都是无障碍设施。让洹河的水轻轻柔柔地流淌过来，冲去积累已久的灰尘，笑容就会冲破苦难绽放，连尘封的心灵也会明亮起来。

活动室。持续科学地锻炼活动，为每个生命的健壮源源不断地输入“运动营养”，让羸弱的生命、迷茫的思绪拥有健康的体魄。当活动给他们增添了生龙活虎的动力，那消失在迷茫暗障里的家，说不定就会清晰起来，这是多么美好的事情。

电脑室。充分运用现代电子科技信息技术，给他们的生活普照新时代扑面而来的热潮，看屏幕上变幻着鲜活生动的画面，他们的脸上会有开心的笑容，一个笑容引来另一个笑容，快乐就会在海量信息里快速传递。

图书室。这些“痴呆傻”人员，连家都摸不着，还能看书？许帅说："书籍是全人类的营养品，为什么他们不能看书？说不定里面有高才生来！只是受到某种刺激而变成现在这个样子，别戴着有色眼镜，这就是一种明显的鄙夷！决不允许。"

铺设了地暖。融融的暖流滚滚，寒冬冷冽而甜美，洋溢着春的温暖。他们在冰天雪地里流浪乞讨，就算偎缩在桥洞也难挡冷风刺骨和漫漫冬夜。梦寐的家园如此温馨，在此一刻捡拾回来。

设置了用电控制室。用电安全，是许帅很在意的地方，思来想去，反复琢磨，将所有的电源设置在了用电控制室，所有的线路全部走暗线，就是开关全部采用内嵌式，特意加装了防护，防止万一有触碰也能安然无恙。这些救助的人员，有的智商只相当于 3 岁的顽童，见到插电孔也可能好奇地往里抠抠。

安装了大型投影仪。要让他们经常听些新闻节目，了解国家发展资讯；看些电影或文艺片。"痴呆傻"人员，对生动活泼的节目能悟透看懂吗？"你又怎么知道他们看不懂呢？别把他们当成傻子，是他们回归正常生活的第一步，有色眼镜最能摧毁人！也许你给他们一缕阳光，就会灿烂起来。"许帅信心满满地说。

床铺全都换成了椭圆形"磨"角的，牵牢地板"纹丝不动"，远离了磕磕碰碰；电风扇全部加装了"金钟罩"，你半根手指头也别想染进；桌子也换成了圆形，"棱角"被椭圆代替，"刺儿头"被打磨得溜光圆滑，走人多的台阶变成斜坡慢坎。好个"无障碍"的安全居所！

救助站正在经历"脱胎换骨"般的惊喜，许帅似乎是旋转的陀螺，所有大事小情，他都要亲自过目、严格检查、认真筹划。对于每一个小小的细节，他也从不放过；对每一点工程进展，他都跟踪监督、较真儿。“没有温馨舒适的‘家’，会住得安心、住得高兴吗?”许帅动情地说。

“几乎没回过家，”焦建平回忆说，“他年过八旬的奶奶，同居一城也不能看望，只能打电话愧疚；他六七岁的儿子，多希望爸爸出现在校园门口，哪怕接自己一次；以站为家，许站长是分身乏术了，常常熬了半夜，还执意带班上街巡逻，真是‘拼命许郎’！就是为了接这些托养痴傻人员，尽快驻站照料!”

第 9 章

舐犊情深吐哺心

1

会有突如其来的暴风骤雨吗?

因打架被退学的小宫，身上道道血痕。此时像斗败的公鸡耷拉着脑袋，在救助站里心神不宁、忐忑不安。犯了错，会有一阵胖揍海骂吗?委屈的书包孤独地被撇在桌角，空气似乎突然间凝固了。

小宫啊小宫，你一个流浪孩子，许站长操心把你送到学校，怎么让人家开除了?调皮捣蛋，你这是唱的哪一出?你能对得起许站长吗?

而更焦灼难耐的，是站长许帅。他依然充满慈爱地看着“江湖野味十足”的“刺儿头”，心底里的不忍和执着交织。不觉间长叹一声，亲切地搂住小宫的肩头，眼神流露出全部的宽容，用坚持不懈的温暖将他全部包围，这完全是大哥哥般的亲和，犹如深沉父爱般的甘醇。

倒是小宫默默地流泪了，是愧疚感动的热泪，扑簌簌打落。看来，小宫心里清清楚楚，就是茶壶里倒饺子——有话说不出。要是能认些字，对找到家一定有莫大帮助。上学，务必得上学。许帅义无反顾地找到校长，将他堵到了家门口。

校长看到风尘仆仆的不速之客，一时间有些诧异。当来人彬彬有礼地自我介绍是救助站站长许帅时，他看着一脸坦诚的许帅此时有些落寞，赶忙握手，端茶让座。劝退小宫，他当然知道，这会儿，他的心更加坚硬如铁。

许帅是来求人的，自然赔着笑脸：“校长，你看这孩子虽然惹了祸，可是咱是教育部门，跟咱救助部门的心都是一样的!还得给孩子一条明路，让他回到校园学文化。”

校长双手一摊说：“这孩子就是个‘呆霸王’，两天打三架，他不来学习，他这是孙悟空大闹天宫来了！我们的笼屉太小，蒸不下恁大的馍。因为他一个，我们学校天天鸡犬不宁，个个学生若都像他，我们还办不办学校？”

许帅赔着笑脸说：“孩子小，流浪生活沾染些不良习气。如果我们不严加教育，说不定将来会危害社会。如果孩子能识点字，会写字、懂交流，说不定能帮他找到家。老滞留救助站，总也不是办法。党委、政府把这一任务交给我们，就是让我们帮助这些无家可归的可怜孩子尽快回家。可孩子又聋又哑，无法交流，又不会哑语，也不会写字。孩子现在还小，你就网开一面，给他一次机会，助他回家。你看如何？算我欠你个人情……”

校长面露难色：“这孩子不是省油的灯，说不定下次敢掀我们的屋上瓦！江山易改，秉性可不好移呀！”

许帅这时摸出手机，打开一张照片说：“校长，看看这几张照片？翻翻。”

一个蓬头垢面的小叫花子，一身衣不遮体的破烂模样，一副冷漠无情的凶残的眼神，让他心底着实吃了一惊，敬佩万分地看着许帅：“这就是你们救助的狼孩？哦……”

许帅动情地说：“给他一缕阳光让孩子灿烂吧，党委、政府不愿丢每一个孩子，我们作为教育部门，更不能丢下每一个‘问题孩子’。我们正要通过教育的熔炉，让他脱胎换骨，长大后，不奢望他为社会作多大贡献，最起码自食其力，不危害社会。看看，这孩子变化多大！”

校长也感动地说："从枯萎朽木也能开出花朵，奇迹！你们春风化雨的工作，让人敬佩！我们也应多洒些阳光雨露。"

焦建平赞叹说："许站长对流浪孩子，比自己的孩子都有耐心、都亲！为了自己的孩子，他都没有开口求过人。为小宫，他亲自登门去求校长，那校长也被感动得唏啦哗啦。"

小宫被许帅乖乖地领着，又回到了宁静的课堂。隔着窗户玻璃，许帅微笑着静静地看着小宫，犹如一株小苗栽到了沃野，小小的身姿如饥似渴地吸吮营养，会日渐茁壮摇曳多姿。不觉间，许帅眼前长出一棵婆娑起舞的参天大树，尽情地吸吮着阳光雨露。他如沐春风，心里真有说不出的舒畅和快慰。

阳光会照亮晦暗的角落，闪烁晶亮光泽。孩子是最可塑的。许帅给予了小宫无微不至的关爱，一有空就带他吃饭，陪他聊天。安阳的小吃几乎吃了个遍：皮渣、血糕、粉浆饭，安阳三宝不用说；扁粉菜、三熏菜、烩菜、鼓楼广场锅贴、西门郑家粉皮等。他有一丁点儿进步，许帅都毫不吝啬地竖起大拇指，充满着满满的如春风般温馨关爱，鼓励中的欣赏，欣赏里的理解，渐渐融化着小宫心中冷冻已久的坚冰。

渐渐地，小宫叛逆的心理变得乖顺听话，手语学习得很快，和聋哑人交流几无障碍。认的字也越来越多，他的性格变得越来越阳光开朗，似乎曾经的伤痛随着快乐的成长溜走。许帅对小宫的点滴变化都看在眼里，那种发自内心的喜悦无比甜蜜。

许帅啊许帅，你用这么多时间去陪过你的年幼儿子吗？却给流浪儿童这么多无私关爱！

2

小莉的秀发越来越柔光顺滑、丝丝飘逸，微风一吹，根根发丝晶亮闪烁，晃动着五彩斑斓的亮光，豆蔻年华的婀娜少女，日渐天真烂漫、妩媚动人起来。

许帅一直在关注着小莉的成长，牵挂着她的点点滴滴。女孩大了，藏不住的小心思，不时忧郁里的哀伤悲痛，常常欢笑里的茫然无助，挂在她的眉睫上，也拨动着许帅的心弦，该给她想个什么样的好出路呢？

家？小莉说不出自己从哪里来，也不知道自己该到哪里去？救助站的和风细雨，让她感受到了久违的人间温暖。然而，许帅想给她插上隐形的翅膀，让她在亮丽霓虹里飞翔。是得让小莉学个一技之长，将来也有个长远吃饭门路。

许帅跟焦建平商量，想让小莉去学美容美发。“我看这孩子好摆弄头发，这就是上天开的一扇窗。有个技术，就有个回归正常人生的抓手。她不知父母在何方，我们就得替她父母操心。”

焦建平点点头说：“这当然好！也算有个长远之策。”

许帅就去职业技术学校协调，人家一听这孩子是不知爹娘的流浪乞讨者，怕积累的恶习难除，手摆得跟荷叶似的，不想收留这样一个来路不明的孩子。

许帅恳求说：“无家可归流浪的特殊群体，才是党委、政府最关心的重点救助目标。现在精准扶贫是最大的民生工程，我想咱学校也要精准施教吧。”

对方显然有些松动了，但依然没有表态。许帅拿出了撒手锏。从手机里翻出了小莉刚进救助站的照片。“你看这孩子，在街上流浪时的样子，现在出落成大家闺秀般淑雅端庄。经历了凋残童年的孩子，如今花季又在盛世里开放，我们是不是要给她一个明艳的春天呢？我觉得我们都有这个责任。”

对比就是这么的强烈，一个衣衫褴褛、看不出面目，一个光泽明丽、天真无邪。丑小鸭变白天鹅，简直判若两人。“这真的是同一个人？不可思议，你们的救助工作真的了不起！把个小乞丐变身小公主，为你们点赞！”

许帅很诚挚地说：“这都是我们分内的工作。要想让小莉将来正常回归社会，总得有个吃饭门路，她在慢慢长大啊。她打心眼里喜欢美容美发，学会将来说不定能用上。”

对方终于破例收下。看来，大家是理解支持救助工作的，对特殊群体也愿意伸出援手。许帅高兴地大步流星地回到站里，给小莉准备好各种学习生活用品，并把她亲自送到学校，千叮咛万嘱咐。

小莉的小手紧紧牵着许帅的胳膊，生怕一放手就会丢了一样，多少的恋恋不舍，多少的依依惜别，胆怯谨慎牵绊着心事重重。感情的波涛汹涌在少女心底，满心的感谢在希望中升腾。感谢您，许叔叔！感谢您，救助站！这是我的家，无忧无虑的时光总是短暂，离开了总会有无限感慨。

许帅拍着小莉的肩头，慈爱地说：“小莉，放心，救助站永远是你的家，许叔叔常会来看你的！救助站的电话和许叔叔的手机二十四小时开机，你有任何困难和问题，我都会及时出现在你的身边！”

“我对你只有一个要求，认真听话，好好学技术，不怕苦不怕累，学成技艺，用劳动的双手去创造属于自己的幸福生活。”

“我早就想喊你一声……爸爸……爸爸——爸爸——”即将离开许帅的那一刻，这孩子突然冲过来抱住许帅，未黯世事的少女放声恸哭，这哭声有孩子般的撒娇，也有难以割舍的亲情——一个流浪乞讨、缺少父爱母爱的女孩，在救助站和睦融洽的大家庭里，遇到了一群春风满面的亲人，过着无忧无虑的快乐时光，她幼小枯萎的心灵里，很快就长满了绿叶红花。

焦建平赞叹说：“你说这许站长，见到了这流浪孩子，都跟自己的孩子一样亲，都成了他掌上明珠了。”

此情此景，许帅不觉间潸然泪下，用有力的臂膀揽住小莉说：“孩子，救助站永远是你的家，许叔叔会一直陪伴着你，永远是你的亲人！你看看，今天是你人生起航的大喜日子，笑对美好的学习生活吧！你会走上幸福美丽的人生路的。”

小莉郑重地点点头，与许帅挥手告别。破涕为笑的她，春风吹起她的秀发，映衬着懵懂少年的润泽欣喜。

“哎哟哟……你怎么挖人……哎哟……”

暑热难耐、热风阵阵的季节，救助站里传来了救助科长傅有安的惨痛叫声。一个囚首丧面、蓬头跣足的流浪妇女，从沉静中突然毫无征兆地剧烈爆发，对着傅有安就是一阵无端仇恨的疯癫抓狂。

他一时间毫无防备，躲闪不及，胳膊上、身上被锐利指尖划破，道道鲜血淋淋。许帅、焦建平等迅速地将她疯狂挣扎的胳膊死死按住，慢慢地终于平静下来。“快点送傅科长去医院，快去！”许帅忧心忡忡救助者的病情，又对同事受伤心疼不已。

原来她的间歇型精神病犯了，不可抑制、无来由的洪荒之力，从病体中身不由己骤然而出，病魔操纵着原本柔弱温顺的女子，掐咬就成了拼命发泄的渠道，让鲜血淋淋的恐怖瞬间上演。

时光走到 2014 年 7 月初，110 将一流浪乞讨妇女送来。她看上去苍老憔悴，五六十岁模样。送进医院体检后，许帅得知一个又惊又喜的消息：还真没看出来，她居然怀有 8 个月身孕，已进入临产期。不过，遗憾的是，B 超显示胎儿发育不良，基本断定不能成了。

病床上虚弱的孕妇，温吞着许帅用汤匙慢送的鸡蛋羹，小磨香油喷香扑鼻，眼角噙满着激动的泪花。偶尔有鸡蛋羹流出，许帅慌忙用纸巾擦拭干净，真是体贴入微的精细暖男。病友的议论隐约飘入耳畔。

“看男的仪表堂堂，一等人才，多像个领导。这女的倒像个要饭的，面黄肌瘦的样儿，搞不懂。”

“总不是母子吧？难道儿子混好了，苛刻娘了吗？也不像。”

医生来查房，许帅忙细问病情：“只要有一丝希望，我们就做百分百努力。对即将降临的小生命，无论如何不能轻言放弃。”

医生看着许帅急切真挚的眼光，摇摇头生气地训斥道：“怎么搞的，这严重的营养不良，瘦弱干巴，面黄肌瘦，快没个人形了。看看，看看，有几项正常指标！母子都濒临健康危机！现在还是吃不上饭的时代吗？严重的不负责任！街上要饭的身体，也不至于这样！你就是家属吗？你们就这样虐待孕妇吗？简直是天理难容！”

旁边人说：“这孕妇是我们救助站刚刚救助来的，这是陪同来检查的，是我们的许站长。”

医生诧异地看着许帅，瞬间似乎明白了些什么，显然内心被触动，恍然大悟说：“我说呢……对不起……我说怎么身体会虚弱成这样……你们救助站真是好样的，做了大功德！放心吧。我们会用最好的医术，来迎接一个小生命的降生！”

许帅急切地握住医生的双手说：“您下最大的功夫，我们不惜一切代价。相信一定会妙手托起生命之重，让母子平安。我们救助流浪乞讨者，你们医院救死扶伤，都是为民服务。真心地谢谢您！”

不久，病床上痛苦呻吟的早产孕妇，在许帅的陪同下被急匆匆推进了产房。窗外热浪依然在翻滚，许帅在产房门外焦灼地踱步，两个孱弱的生命能否平平安安，让这位站长忧心如焚，局促不安。

一个5斤多孱弱女婴，带着一线线游丝般的呼吸，来到了这个洁白温馨的世界。被病魔缠身的妈妈，似乎不知道眼前大爱里的暖流，有气无力地呆望着天花板。

命运之神会不会给她们打开一扇“天窗”？许帅的心也揪着提到了嗓子眼，紧迫急切的心情溢于言表，宛如家人般的关心如此绵密，关爱的眼神自然流露，还是那句铿锵有力、斩钉截铁的话：

“只要有一线希望，我们就做百分百的努力！”

3

在繁忙的工作之余，许帅都会到病房里探望母女，查看她们身体恢复情况，对每个细节都安排得妥妥帖帖。粉雕玉砌的小生命日渐茁壮，显现出女婴娇嫩可爱的模样；病床上的产妇身体也日渐恢复，脸色开始红润亮堂起来。看着母子身体越来越好，许帅由衷地欣慰高兴。

救助站里喜气洋洋，许帅已经专门为她们设置了温暖馨香的母婴室，配备了席梦思软床。买了些婴幼衣服、食品，准备了多功能婴儿车及品牌奶粉，毛茸茸的玩具耳朵忽闪招摇，请了经验丰富的月嫂。许帅又让妈妈找出了许多文婴儿时未穿过的衣物带到了站里。

“……你是我的小呀小苹果儿，

就像天边最美的云朵，

春天又来到了花开满山坡，

种下希望就会收获！……”

外面明快的歌声飘入耳际。许帅突然若有所悟地对焦建平说：“这孩子红扑扑胖乎乎的小脸蛋，真像个红彤彤的小苹果。‘小苹果’？你看小名叫‘小苹果’如何？等找到了家，自会有淑雅的学名。”

焦建平点点头说：“这名儿喜气！响亮！好好！”

从医院接到救助站，大家虽然表露着对“小苹果”由衷喜爱，多么可爱的胖嘟嘟的小脸，这么多喜气盈盈的笑，也让你感受到了这温馨的春风、明媚的阳光吗？可对这位间歇性精神病人都退避三舍，唯恐稍不小心就会降临可怕的抓狂。

许帅似乎知道大家的心思，他一直小心翼翼地搀扶着她，体贴入微地有说有笑，遇到台阶慢坎都要趋紧地说：“小心脚下！注意台阶！”善意爱心能传递春风般的伟力吗？这妇女居然也是笑眯眯的，病魔也吓得蜷缩逃遁了。

母婴室带来了属于人间的烟火欢笑。抱抱“小苹果”，小花帽上的帽坠欢快地飘忽跳动，看孩子忽闪闪的明眸，神奇地看着这个陌生的世界；亲亲稚嫩脸蛋，那小酒窝就泉出汪汪笑意。看着孩子富态可掬，呕哑嘤嘤如天籁初响。偶然的生命现在成了个小胖丫啊！真好！

她在期待寻找自己的母亲吗？可妈妈病情时好时坏，“小苹果”

如此的娇嫩，稍有闪失岂不酿成大祸？许帅特意安排她们母子分开休息，让“小苹果”与月嫂形影不离。抓紧给孩子妈妈持续规范地治疗，病情也渐渐有所好转。

“小苹果”在健康快乐地长大，这孩子妈妈身体也在神奇地恢复，治疗加调养，她曾经羸弱的身体气血归来，经久累月积累的伤疤在一层层剥去，变化是从内到外的。几个月过去了，你再看看，你哪会看到一点流浪乞讨的影儿呢？

那么她的家在何处呢？刚来时，她很少开口说话，偶尔有两句言语，却又含混不清。许帅尽管循循善诱地微笑开导，而她眼神里流露出的孤单哀怨，甚至是悲伤绝望，和偶尔就像火山喷发的仇恨，流浪乞讨的风雨里，她经历了怎样的伤痛？她在思念不慎走失的家吗？

许帅总会在与孩子妈妈聊天中，有意地设置些漫不经心的家长里短，终归想顺着话茬引她说出家的地址，偶然间孩子妈妈说出的只言片语，赶紧根据记忆搜索询问查找，大概会是广东、广西、贵州一带口音，可这范围大了去了，上哪去找？

这次，许帅曲里拐弯的“套话”里，从她口中听到“黄邳”（音名）。“黄邳”在哪儿？许帅立即如获至宝，立即着手布置寻找查询。就在百度上反复地搜相关的字体，企图在县哪怕是乡镇里，找出类似的名字。查来查去，武汉倒有个黄陂，经甄别口音明显不符。升腾的希望瞬间破灭。

当再次聊天时，许帅温润细致地问她家住哪里，她叽里咕噜地说出“镜湖”（音名），为了这个含糊不清的词语，许帅又是一阵激动，安排接待查询科科长刘步云赶紧调动一切手段查找。可没想到翻过来调过去地忙了几天，最后还是竹篮打水一场空。

采访中刘步云回忆说，“小苹果”妈妈偶尔说出的地名，都让许站长欣喜若狂。“田铺”！“平安”！“来源”！这些含糊不清的词语，都曾经一次次让许帅希望升腾，如此这般地数次反反复复模糊查找，都如大海捞针，一次次空忙一场。

刘步云劝许帅说:“精神病人的话也能当真？我们别瞎子点灯——白费蜡了。她发癔症地嘟哝个词，我们起早贪黑地忙乎个电话、百度，打得口干舌燥，查得头晕眼花，歇歇吧。”

许帅却自信满满地说：“苦点累点有啥？她病情越来越稳定，孩子也越来越可爱。我们绝不放弃，会送她们母子回家的!”

第 10 章

带你回家

1

“这床柔柔软软的，挺舒服。嗯，不错不错！”

许帅与焦建平来看新整修的体检室，他用手轻轻按压按压，柔软度恰到好处。似乎意犹未尽，干脆脱鞋平展展躺在床上，在众人的惊呼诧异里，闭目聚神让享受跳跃，首个舒适度的“测试员”，“躺上过下‘电’，酥酥麻麻的，柔软的海绵如悬浮的云朵，飘飘摇摇，如腾云驾雾，有点小惬意！”

“好好！哈哈……”大家击掌叫好，为他的温柔细腻赞叹。

看着修葺一新的“新家”，明丽亮堂，温暖舒适，整洁雅致，许帅多日的心血化为累累硕果，他的心情真有说不出来的高兴：国家二级站验收组就要莅临了。梦寐以求的“医疗安置区”出落成“大家闺秀”，终于可以欢天喜地地去接在外托养的流浪滞站人员“回家”了！困乏里的幸福！困顿里的欣慰！许帅在累日疲惫里化作喜悦涌流。

“来，血压、心电图，都走一遍，我代他们感受感受。”这是要“验验”运转流程吗？

当设备屏幕上闪烁出行行数字，呜呜呜的机器有力震颤，体检员将数据记录下来仔细地分析着，看来站长的身体那是倍儿棒，她欣喜地说：“站长这特级运动员的体质，看看血压、心跳，多活泛！”

许帅从体检床上豁然下床，猛然挥动做个投篮动作，开怀畅笑：“我前年打比赛，连打三场球，脚底下还像踏个‘风火轮’。”转而许帅认真地思忖起来，“流程是不是改进一下，增个人专门陪护，以防意外；床要两面靠墙，更安全可靠，也方便我们照顾。我们要着眼特殊人群，做好‘五星级’服务，民政救助人，更要诠释好‘人民公仆’的内涵！”

在救助人员宿舍，许帅看着一应设备，用手指划拉床铺底面，看有没有“毛刺”。忽而他猛然向床铺撞过去，哐当一声，床铺震颤中“无动于衷”。许帅拍拍衣服说：“这防护还算到位。万一有人扑倒，要确保别磕着碰着。”

焦建平笑道：“许站长，以后救助站就是诺亚方舟，我们晋升为‘超级保姆’了。”

突然许帅的眼睛又盯在了牙刷上，目光如炬地聚焦着，有什么不对吗？葱绿色的手把弯曲着力学原理，新崭崭的刷毛轻柔呆萌。

许帅拿起一只牙刷，对负责采购的科长董鸿军说：“看看这牙刷，尖头的，是不是有安全隐患？我看要换成圆头的，是不是更好？”大家顿时恍然大悟。“把自己设身处地，当成是滞留人员，就要戴着‘放大镜’找茬。问题，在萌芽时最好解决！”

许帅把自己化作“痴呆傻”人员，在“医疗安置区”走了一圈后，挑剔出大小问题二十多个，整改刻不容缓。“我们要迎接的是国家级验收，专家都是独具慧眼，你的劳动和付出，瞒不过他们的眼睛！我们要竭尽全力地做到极致！让家更热乎恬怡，处处有人间烟火味道。”

他真的成了家里的过客了。每每在工作间隙的匆匆间，看看奶奶，她老人家头上的白发郁郁苍苍；奶奶抚摩着有些憔悴的孙子说：“帅啊帅，看你又黑又瘦的。工作再重要，要按点吃饭按时睡觉，可不能没黑没白的，亏了身子。”

看妻儿更难挂影照面。儿子就想让爸爸接送，爸爸满嘴应承却屡次“放鸽子”。儿子多文童声稚嫩地责怪：“人家都有爸爸接送，你咋像个不着家的大白兔呢?”已经退休白发染鬓的父母，也看着一脸疲惫的儿子惭默无语。

时间穿冬入夏，300 多个日夜叠合交加、密不透风的日子，裹住了吃住，交织在站里，激情四射的篮球抛在角落，空灵的歌声隐逸于繁忙。节假日的安乐没有了，天伦之乐的休憩难觅了。你瘦了，黑了，眼睛熬红了，而你的眼神更加刚毅执着，你的步履更加铿锵坚定。

针头线脑的小事，乱如牛毛的琐碎，在许帅犀利睿智的眼神和细腻的心思里过滤，多少个夙兴夜寐的研究方案，多少个夜以继日的紧张施工，凝心聚力在整修的桩桩件事情上，细节精益求精。

“如果不能建成‘如沐春风’的‘家’，通过国家二级站验收，我能对得起这么多人的期盼吗?”许帅劳累而憧憬着。

2

2014 年 4 月初，古都安阳迎来了风尘仆仆的民政部救助站评级验收组。

救助站盛装明媚、干净素洁，物品摆放得整整齐齐、方方正正，角角落落收拾得利落明亮、一尘不染。迎春花在早春里飞蕊翩翩，银杏树吐露出片片娇羞鹅黄，在浅浅的蓝天里摇曳身姿。

许帅及工作人员着“安阳救助”的湖蓝色服装，在“温情救助、大爱无疆”的箴言里穿梭，各就各位，微笑舒展，欢声笑语，精神抖擞地迎接着验收组的到来。

验收组的验收程序烦琐且极其严苛。看硬件：站容站貌自然尽收眼底，房间设施使用运转情况，各功能区设置是不是科学合理等等；查资料：规章制度建设是不是规范有序？数据搜集是不是严谨细致？招牌标语是不是温馨醒目？

验收组似乎对安阳救助站并没有抱多大希望，你申请国家二级站，全国二级站大多集中在省会或重要城市，它们才能出形象、做标杆，一个地处豫北的安阳救助站，也敢对二级站抱着太大的希冀吗？

许帅似乎更相信专家的眼光。他看出了专家开始时的弦外之音，好像这么久的准备只成“备胎”“陪练”吗？付出的心血会不会打“水漂”。但他以饱满的精神、醇厚的笑容陪同着“剑拔弩张”的考验。

许帅将筹备已久、即将投入运转的“医疗安置区”，给验收组原原本本地进行了汇报。这里没有华丽的辞藻，只有善意的真诚。“我们即将终结滞站人员在外托养模式，代以‘医养结合、驻站照料’模式，我们的‘新家’，还请专家领导给予‘全面体检’，如果能荣膺‘全国二级站’，那更是我们的庆幸。无论如何，我们都一如既往地用爱心救助，将人员欢欢喜喜地接‘家’来。”

百闻不如一见。看过救助站呕心沥血的“精彩硕果”，验收组此时的严肃认真变得活泛起来，他们看到了一个与众不同的市级救助站，他们希冀的眼神里蕴含着惊奇，看看这个全国最年轻的市级救助站站长，活力充沛、热情善良，却做了一件破天荒的事情。

专家问：“人员接过来驻站照料是好，但如何防范暴发群体性传染病？”

许帅胸有成竹地说：“我们会进行‘分类诊疗、因人施策’，为所有人建立健康档案，一旦发现传染病，立即与疾病预防控制中心结合，与健康人群隔离治疗。我们定期筛查，对重点人员‘精准施治’，全面隔离群体性传染病。”

专家点点头说：“‘医疗安置区’倒是全国救助系统的首创，第一个吃螃蟹的站长，还是个最年轻的站长，看得出来，你付出了常人难以企及的心血，带了个好头！把救助带入了深水区，为破解这滞站人员回家带来春风。好，有干劲！有思路！有魄力！”

许帅头脑清醒地说：“过奖了！请各位领导多多指教。我们通过招标引进优质医疗资源，有全科医生 24 小时驻站，配合中医理疗、心理干预等，期待治好他们的身体、心理疾病，就会帮助他们找到家，那也是他们心驰神往的地方。”

焦建平告诉我，验收组专家认为，一个地级市救助站付出的血汗，达到的成果，基本达到了一级站的标准，不过还有些清理不及时的铁丝网，虽然为安全着想，但是还不够人性化。验收为国家二级站妥妥的！

专家拍着许帅的肩膀说：“小伙子，好好干！你是全国救助战线的青年才俊，温馨整洁的安阳站和热情能干的许站长，都给我们留下了深刻的印象。”

也算对许帅一年来拼死捺命的最高褒奖！虽然距离一级站差半步之遥，但许帅也已经颇为欣慰了，在地级市的救助站里，也算是凤毛麟角了。能得到专家肯定，能让滞站人员感受到家的温暖，自己旷日累夜的艰辛也衾影无惭了。

3

5月，正是春深繁盛的艳阳天。黄莺儿阵阵钻进救助站的银杏树里，啾啾啁鸣，欢曲悦耳。桃花朵朵腮红，粉嘟嘟婀娜娇娆。焕然一新的救助站里，眉开眼笑的救助车辆一溜儿排开，欢声笑语洋溢，大家全部身着整洁明净的工作服，万事俱备，在许帅的统筹安排下，就要接亲人回家了！

旁边有人说："许站长，这喜庆气氛，我看真应该请个乐队助阵，嘀嗒咣咣一阵子！"

许帅笑道："简朴热烈就好，咋也不能违反八项规定。真有这个钱，也得用到救助人员身上，还用这些花花绕！？出发！"

春阳斑斓五彩地穿透银杏树的罅隙，桃花芬芳梨花笑，紫薇招手翠柏摇，鸟儿脆鸣里在一尘不染的地面上，印出了斑斑驳驳的琼花。

新进驻的医疗室里，救死扶伤的医生和圣洁美丽的护士，宛如洁白的云朵，在按摩医院院长吴青山的带领下，飘进了救助站，霎时成为一朵五彩祥云。许帅、焦建平、杨瑞红等站领导欣欣然前去迎接，向救助战线的"新兵"致敬！

吴青山回忆说，当时他兴奋地拍着许帅的肩头说："许站长，我可是把我们医院最好的医生给你派来了，我们的'金童玉女''拱手相让'，你可要给我们照顾好，可不能光让干活不给好饭啊！"

许帅一一握手、鞠躬说："太感谢了！我代表救助站，每人鞠一个躬，表示我们最诚挚的谢意！放心吧，有了猴头燕窝，我们站长不吃，也得奉送白衣天使!”

笑声朗朗，在房间檐角跳荡着涟漪；仪器嘀嗒眨眼，全副武装地迎接亲人到来；医护人员洁白的服装、淡雅的笑容、细心的动作，都让医疗室里春意融融。

许帅大步流星地来到了熟悉的托养机构，带来一阵阵和煦宜人的浩荡春风。这里是他天天都要踏破门槛的地方，如今安阳救助历史上，新的篇章就要欢喜掀开。亲人们就要从相对简陋、环境堪忧的托养机构里，住进亮堂堂、明晃晃、喜洋洋的救助站新居里。

能走的被救助人员互相搀扶着走进春日暖阳里，他们都伸展伸展筋骨，抖擞抖擞精神，让冬日的萎缩潜藏尽情地放飞。在恬静和煦的湖蓝色包围里，畅快地呼吸着。馥郁的花香阵阵，眼前的笑脸盈盈。

许帅看到有位下肢瘫痪的救助对象，正期待着被人抬上车去。许帅麻利地俯下身子，兜底将他稳稳地抱在怀中。救助站其他同志都冲过来说：“许站长，来来来，我们帮着抬!”

许帅抬腿伸腰说：“看看，我一个人抱着多稳当！没事，我年轻。你们去搀其他人!”

这位下肢瘫痪者被许帅抱上车时，懵懵懂懂地问：“要把我们弄哪去?”

许帅亲切地托稳他的身体，春风满面地说：“回家!”

救助对象抱紧许帅的脖颈，迷糊疑惑地说：“家？家在哪儿?”

许帅将他小心翼翼地放在车的软座里，高兴地拍拍他身上的灰尘，哈哈大笑说：“回咱们的新家!”

新家真敞亮硕美啊，像婆娑花园，银杏鹅黄亭亭玉立，月季花团锦簇闹蝶戏蜂，杏儿、桃儿花褪残红嫩果娇，干净整洁的院落里，涨满了绿肥红瘦舞春风。

好大一个家，庭院深深，人头攒动，花草扶疏，窗明几净。冬有地暖祛寒气，夏有风扇送清凉。床铺干净整洁，柔软舒适尽入梦；伙食丰富，荤素搭配真丰盈。洁净有淋浴，洹河水清洗污垢；娱乐有投影，清晰鲜活是画屏。酸奶甘醇，西瓜沙瓤，苹果通红。包子烩面，沁人心脾，这香软筋道真个“中”！

许帅的疲惫真的到了极点，浑身酸麻，痛彻肺腑，如虚脱一般。来不及吃晚饭，他摇摇晃晃地走到办公室里，那疲惫如车轮战般地砍来！心底里却又甜蜜小溪跳荡。

你听到欢笑声了吗？开心快乐，挂在他们的眉梢上；幸福温馨，流淌在他们的面颊上；踏实安心，埋藏在他们的眼神里。

喜悦在许帅梦寐间穿梭，映衬着无数笑脸，许帅和他们抱在一起唱啊跳啊！

亲人啊亲人，今天，我终于接你们回家了！

4

“这些人都是垃圾堆里滚的，啥些子腌臜病没有？我看一眼，都吃不下饭了！”

“可不是，哎哟，我的个亲娘来。不知道屙尿的，撕被子卸床板的，一屋子臭烘烘、乱糟糟。恶心死了！”

“你说许站长，多英俊个人，多潇洒个人，偏对这些呆傻的，头都能割给他们似的，那个亲近劲哦，图个啥呢？真想不通。”

嘀嘀咕咕的咬耳声，隐隐约约地飘入许帅的耳际，忽闪的黑天鹅到处飞舞，这根深蒂固地戴着鄙视和轻蔑的“有色眼镜”，或多或少是人之常情吧。许帅眼里不能下灰星，决不能容忍！

没有批评抱怨，没有严词呵斥，风言风语是边角的歪风邪气，缕缕光柱照彻出朗朗乾坤、融融暖意。许帅每天一上班，就一头扎进“医疗安置区”，与医护人员摆手问好，与这些“痴呆傻”人员泡在一起。耐心细致，查看每一个工作细节；满面春风，总是洋溢在他的脸上。他就是一团游走的光，照耀在救助站的角角落落里。

焦建平回忆说：“每个人都装在他的心里，这里有本明白账，透透亮亮。谁的病情该如何调制？何时吃药？哪位精神病人该打安抚针了？现在身体状况如何？哪位是个什么性格，有个啥喜好？各个救助人员的情况，都常常在许帅心里‘过电影’。”

许帅这样身先士卒的标杆，带动了救助站工作人员的积极性，大家也都自觉地跟在了许帅身后。“人员向救助一线凝聚，成绩在救助一线体现，奉献在救助一线闪光！”这既是许帅激荡斗志的要求，也是庄严神圣的誓言。

于是，如果你要找许帅，他不会在办公室，他在哪儿呢？“医疗安置区”！顾不得照顾家人，哪怕年迈的奶奶，年幼的儿子，对家，他变成“匆匆过客”，他在哪儿呢？“医疗安置区”！对朋友，他是屡次爽约，打篮球、唱歌、聚会变得格外奢侈。下班了，许站长，你在哪儿呢？“医疗安置区”！

他活跃在救助人员中间，让爱心洋溢，让善意铺满，孜孜不倦地日夜守护，他忠贞陪伴形影不离。脏吗？当你全力祛除了脏，就变得洁净；臭味有吗？当你随时清除了污垢，就变得清新；疾病丛生吗？

当你用24小时的现代化医疗全力阻击，病魔自然头破血流！你是一道长城，为流浪乞讨者抵挡住凛冽寒风；你是一把雨伞，为他们撑开一道壮丽的蓝天；你是一缕暖阳，照彻孤独寂寞里的黑暗！

你太累了，一天时间只有二十四小时，你却时时刻刻地不愿离开他们，你是怕有一丁点儿闪失吗？你一如既往地要坚持跟班巡逻，在火车站，在钟楼，在文峰中路老槐树附近，在南北大街，在唐子巷等很多繁华路段，你的眼神疲惫地搜索。疲惫被你一次次推开，却又一次次卷土重来。快点休息吧！

“他们是有病，我们引入了医护，他的病会看好的；身体康复了，就健壮；精神康复了，就是常人，通往他们家的路，就近了！”许帅在践行着自己的心愿。

许帅在他们的心灵里装上了一盏明灯。温馨饱满，岁月永恒。

“许站长，许站长！”许帅来到大家中间，他热情洋溢，青春朝气。陪他们聊天，查看他们病情，很快被大家包围。

“许站长，许站长！”他善解人意，陪在他们身边，如相濡以沫的家人，更如心心相印的知己。

一个久被困苦箍锁的人，长期的流浪乞讨，遭遇了多少白眼，处处横飞的冷嘲热讽，天当铺盖地当床，随时会冻死街头饿死他乡！谁会给他们温暖如春的怀抱，谁会将他们呵护在掌心！谁会给他们无微不至的照顾？温馨浪漫的家园，去哪里寻找？

焦建平告诉我，许帅在例会上，常常深情地对大家说：“对于遭遇孤独寂寞久了的人，对于病魔缠身流浪乞讨的人，他们最需要的，就是温暖的怀抱，热情的呵护，和煦的春风。”

“党和政府就是他们最坚强的保障，最坚实的依靠，民政救助人，就要义无反顾地将党和政府的阳光，无私无畏地普照在他们身上！如果你嫌弃他们脏，那是你的心里脏！你有着大爱无疆的阳光，就能给他们带来汩汩暖流！"

"救助站虽小，却坚守着党和政府的'民生底线'，任务不可谓不重，担子不可谓不艰巨。我是党员，凭的是党性和良心！我是救助站长，照顾好他们就是我的神圣职责；我不冲在最前面，让他们过上美好幸福的生活，感受到盛世中国的明丽妩媚，能对得起我胸前的党徽吗?!"

许帅铿锵有力的话语，敲打在每一个救助站职工的心上。一个有温度、有力度、有思路的救助站群体凝聚起来。看前边的领路人，步履铿锵，"为民甘做孺子牛"，看紧跟的成群结队，浩浩荡荡，汇聚成救助站里永远恒温的艳阳天！

一张笑脸不是春，无数笑脸春满园；温暖如涓涓细流，淙淙流淌，汇聚成波涛汹涌的滚滚热浪！以善染心，万劫不朽。一点善意感染另一点善意，一个微笑摇动另一个微笑，"温情救助、大爱无疆"的标语从墙上走进了每个人的心里，化为自觉的春风，无限的行动。

第 11 章

爱是一盏明灯

1

“许站长，快歇歇吧，睡个囫囵觉！这没日没夜地连轴转，可咋行?!”这是救助科长傅有安对许帅说得最多的话。

溽热翻卷着茫茫白气，威杀地挟裹着混沌黏稠的天地，骄阳似箭簇般密集地倾泻，绿树卷起焦躁的叶裙，鸟儿似乎也晦涩了喉咙，在树荫里悄无声息地纳凉避暑。

时令进入三伏天气，热气蒸腾中，精神抖擞的许帅一声令下，四辆救助车油光锃亮地一溜儿排开，身着湖蓝色工作服务的工作人员兴高采烈地次第登车，一辆接着一辆，驶出绿荫婆娑的救助站，拉响了慷慨激昂的夏季送清凉的喇叭声。

“夏季送清凉”行动紧锣密鼓地启航了！

纯净水、火腿肠、方便面，藿香正气水、仁丹，遮阳伞、遮阳帽等防暑用品，整齐有序地排列在巡逻车一角，随着车轮的转动颠簸，好奇地窥视着漫漫巡查路。

酷暑蒸腾着城市如烘烘烤箱。窗外闪过如梭的车流、熙攘的人群，萎缩进绿荫匝地的树荫里，难觅一丝微风，热浪翻滚着如进入一个大蒸笼。许帅目光警惕地扫描着道路两边，到了游人如织的北大街。巍峨高耸的鼓楼，正襟危坐端详着人间。

许帅在北大街摩肩接踵的人流里巡查，琳琅满目的商品和此起彼伏的吆喝声，都被炽烈白气蒸煮得蔫头巴脑、少气无力。汗水狡黠地变成道道不安分的蠕虫，在许帅衬衣里肆无忌惮地抓挠，黏在了前心后背上，如同包裹一层厚泥浆。在湿漉漉的脚掌和灼热的地面之间，运动鞋成了深一脚浅一脚的“沼泽地”。

鼓楼边飘过来一个拄杖行走的耄耋老汉，蹒跚地隐入仁义巷里。那是明朝武英殿大学士郭朴吗？这位仁德敦厚的“东野先生”，“唯以大公行之”，“以廉著”，在巍巍鼓楼边赋诗吟唱：“千里捎书为一墙，让他三尺又何妨？万里长城今犹在，不见当年秦始皇。”

两家谦让各后退三尺，让出了厚德仁义的“六尺巷”，与邻家墙界纠葛化干戈为玉帛，仁义如丝丝凉风抚慰着许帅，他脚下顿时虎虎生风，是鸿儒郭朴微笑颔首，用拐杖助他一臂之力吧！

花花眼间，拄杖老人消失在人流里，那分明是一个流浪者装束。许帅快步透过人群寻找，影影绰绰中，老人却销声匿迹。难道只是迷瞪眼间的穿越剧？许帅加快了脚步，从北到南追找，再从东往西寻觅。人流如织，暑气繁密。

酷热扑打着他手提的“清凉物品”，许帅感到嗓子眼有些干涩，就在零售摊买瓶纯净水。手提袋里的纯净水却惊讶诧异，想跳出来大喊：许站长，你有毛病吧，你不知道我们可以为你解渴冲凉吗？许帅无动于衷，“清凉”是送给流浪乞讨者的，我不能占公家便宜！

许帅脚步急蹬在鼓楼脚下，眼光骨碌着四面八方，焦灼难耐，在心底里升腾，看来这流浪老人是隐匿远遁了。然而，就在一转眼间，许帅尖锐地远远看到了在六尺巷边街角旮旯里零星的“破烂”画面。许帅惊喜中一溜小跑过去，手提袋中的“清凉物品”也欢呼跳跃起来。

“老人家，水！”许帅的笑容坦诚热烈，透着小辈的殷殷关心尊重。

老人抬起迷茫混浊的眼睛，透过一蓬乱发，愣愣看着眼前朝气蓬勃的笑容，突然急切地抢过许帅手里的纯净水，咕嘟咕嘟地一阵豪饮。许帅再递过火腿肠、面包、方便面，花花绿绿地放在他破烂裤脚边，关切地说：“老人家，我是咱救助站的许帅。跟我回家吧。有车来接您。”

吃饱喝足，老人淡然哑笑说：“我是要饭的，自在游荡惯了。我要饭不靠脸皮，街头饿几天也属活该。要不是遇到你大善人，怕是跟着阎王混了。无以报答，给你磕仨响头！”

许帅忙拉住他说：“不能这样，老人家！是党委、政府派我们来送‘清凉’的。你应该感谢共产党！”

老人神秘兮兮地说：“我一挨饿，党和政府就给我送吃的来了。陈抟老祖活过来，也得替我们丐帮感谢党和政府！救我贱命无数次，白吃白喝的。”

“走吧，老人家，跟我回救助站！那里就是咱们舒适的家。”许帅劝慰道。

“多谢你！小伙子！”老人眯眯眼笑道，“你的‘清凉’我吃也吃饱了，喝也喝足了，这精神头也旺起来了。‘清凉’在我心坎里呢。”老人欲言又止，冲许帅双手合十，“我总听人喊我‘疯老头’，你喊我老人家，真是好小伙！对人彬彬有礼，崇敬有加！知道我多大吗？”

许帅细眼打量着他的容貌，被重重污垢裹挟的容颜，似乎并没有如此苍老。老人此时扑哧笑出声来：“实话告诉你，我不过天命之年，被你尊称个老人家，是我今年最大的‘清凉’，哈哈哈……”

许帅搀扶起老人，再次恳求道：“跟我回家吧！在外流浪，总不是办法。”

老人却决绝地甩开许帅的双手，忽闪闪地随着墙影走着，口中含混不清地唱道：

“茫茫人海一枯翁，

纤纤神笔握手中；

窥视人间沧桑事，

笑看红尘度余生……”

许帅看着老人飘摇的身影，感到筋疲力尽，神倦身怠，饱含着牵肠挂肚的失落，双腿酸沉地迈向下一站巡查路。

采访中跟随的傅有安说，当时看着脚步踉跄的许帅，心疼地说：“大热的天，你这样日里夜里不停地跑，身体会受亏啊！站长，你尽管躺老板椅上坐镇指挥。我们分组巡查，绝对给繁华重点地段‘过过篦子’，不会留死角。”

许帅接连地打着哈欠说：“我年轻，身体扛得住！我是站长，就应该冲在第一线。躺皮沙发，我的屁股没这么娇贵。既‘许’身民政，就要‘帅’先垂范，正暗合了我的期许，是不是？”

傅有安摇头说：“你当这站长，睡过几个囫囵觉？巡查你也率先，整改你也率先；救助你也垂范，照看你也垂范。你前头跑得忒快，我们的鞋都快甩掉了！”

“哈哈哈……”两人开怀畅笑。

“出发！下一站！”许帅又开始了新的奔跑。

2

救助站的厨房里，随着端午节的到来，欢声笑语热闹起来。大家会聚一堂，来一场黑白糯米与干爽粽叶的亲密接触。加好了辅料的糯米被炒到温热，白糯米、赤小豆、干红枣、粉肉丝、褐香菇，活色生香。洗净的粽叶在许帅手中欢快地跳跃着。填料，折叶，用麻线扎紧……一个三角有型有样的粽子“惊艳亮相”，支棱着尖角向端午节问好。

“瞧，‘许大厨’是把好手！手法娴熟，粽子有模有样。”大家七嘴八舌地夸赞。

许帅抬高腔调说：“我听到过一首民谣：粽子香，香厨房。艾叶香，香满堂。桃枝插在大门上，出门一望麦儿黄。这儿端阳，那儿端阳，处处都端阳。”

他接着续词说：“五月五日是端阳，龙船戏水闹安阳；两边坐着划船手，中间坐着打鼓郎，咚咚锵，咚咚锵，咚咚咚咚锵……”

“咚咚锵，咚咚锵，咚咚咚咚锵……”附和的锣鼓敲出了心花怒放，众人拾柴让欢笑洋溢。

出锅的粽子清香诱人，热气氤氲，鼓囊囊、胖嘟嘟，都被统一装进食品筐里，和流浪乞讨者来一场端午节的“饕餮狂欢”。许帅将温热的粽子捧着递送过去，看流浪者吃一口粽子，掬来一张张舒颜开心的笑脸，软软糯糯的香甜散入五脏六腑，孤独和落寞被快乐驱散，真美！

冬至时节，有吃饺子护耳朵的习俗，给救助者送饺子是必不可少。春节是普天同庆的欢聚时刻，是救助站寒冬送“温暖”的关键节点，热腾腾的饺子又受邀粉墨登场了。

这时节，救助站的厨房里热热闹闹，平时很少团聚的同事兴高采烈地围坐，揉面、擀皮，剥葱、切姜，剁肉馅、择韭菜、磕鸡蛋，来一场欢歌笑语的包饺子大赛。万家团聚的时刻，要让流浪乞讨者吃一顿团圆的手工饺子，而且要美味鲜香、荤素搭配。

许帅熟稔的双手快速地翻动着，一个个饺子如同一只只萌宠，从他的手心里飞出来。边角似剪翅的燕尾，腹鼓似淘气的佩奇。小小的心意包裹着鲜香馥郁，带着寒冬里融融的暖意，秀色可餐。

你讲个冷笑话，嘻哈爆笑一阵；他说个猜谜语，神秘惊奇一番；我拍个短视频，发个朋友圈；他在研究包法，切磋手艺。突然，大家都不约而同、心照不宣地欢呼：“许站长，唱一个!”“许站长，唱一个!”

欢聚一堂的气氛让许帅的歌声也欢快起来，他的声音富有敦厚的磁性，虽然清唱也勾勒出了浓浓意韵绕梁。这里既有《中国范儿》的明快激昂，也有大伙儿随声应和的欢笑：

“……是谁举止优雅走在历史舞台，

一身中国的红升起东方色彩（东方色彩!），

是谁巍然屹立笑看桑田沧海，

一身青出于蓝敞开龙的胸怀（龙的胸怀!）……”

也有《最炫民族风》的荡气回肠，

“……你是我心中最美的云彩，

斟满美酒让你留下来（留下来!），

永远都唱着最炫的民族风，

是整片天空最美的姿态（留下来!）……”

饺子热腾腾地飞出了滚水，扑腾腾卧进了保温壶里。带上几头大蒜，准备好方便碗筷，它们被愉快地拎在许帅及救助队员手里，砰砰跳动着滚烫，合着救助队员炽热的心，欣喜地走上救助的街头，送给他们心目中要找寻的“家人”。

3

“饺子出锅了!”救助站里热气腾腾，大家喜气洋洋。

2013 年除夕，冬夜被城市霓虹渲染得温馨浪漫，在盛寒里暧昧温柔起来。溜溜的凛风一阵紧似一阵，卷起细碎的落叶和琐屑的干棒撕碎。

夜已走深。妈妈急切地来电话了，让他抓紧回家，准备了一桌子年夜饭热腾腾就要上桌。“快回来，儿子!”奶奶年迈、儿子年幼，都眼泪巴巴地期盼着你！父母都已过花甲之年，身体日渐佝偻嶙峋。许帅，你可是家里的顶梁柱啊！一家人都在眼巴巴地期盼着你回家吃顿“团圆饭”，平时你再怎么忙，家人都没有怨过你，可是你怎么连大年夜也“忙而忘家”了。

许帅噙住泪水，又坐进了巡逻车，泪花滚落在喜庆氛围里。冰冷如刀砍斧剁，救助车里“温暖”阵阵，棉被、棉大衣、棉手套、棉鞋等御寒物资，火腿肠、方便面、水饺、姜糖茶等食品一应俱全。车轮飞转，要赶紧送给衣食无着的流浪乞讨的“亲人”。

焦建平回忆说："许站长工作起来废寝忘食、没日没夜的，吃饭不应时，胡乱弄碗方便面对付，有时干脆啃个凉馍了事。我看他眼睛里充满血丝，就知道他又熬夜了。我多次苦劝过他！"

焦建平心疼地看着一脸倦容的许帅，布满血丝的眼睛叫苦不迭，他苦口婆心地对许帅说："许站长，论职务，你是站长，我是副手。可论年龄，我是老大哥。我就站在老大哥的角度，给你提个严正建议！"

"别再老是熬夜了！好不好？工作再多，也得一件一件地干！事情再稠，也得一条一条地了。你再年轻，也不能亏身体，看看你吃饭不应时，夜里也连轴转，多休息吧！干工作固然重要，可咋也得照顾好革命本钱！"

许帅感激地看着焦建平，无可奈何地说："焦站长，一想起来这么多人的'幸福'都托在我们手上。我真是食不甘味、夜不安寝啊！就一心想着，要把党委、政府最温暖的阳光，普照在他们身上！"

前一段，同样的建议，焦建平就对许帅谆谆关心地提过。那夜，为加班赶写创建二级站材料，许帅忙到11点多都没顾上吃口热饭，又习惯性地在办公室里泡方便面凑合。办公室的橱柜里，存有方便面、火腿肠，为的是加班充饥"打牙祭"！

焦建平笑劝他说："许站长，要不去食堂做点热汤面也好？热热乎乎，汤汤水水，吃着也营养。有道是吃饭多喝汤，胜过开药方。老是吃这方便面，胃多委屈！再忙也得按时吃饭啊，饿过劲了，胃会抗议的！"

许帅活力充沛道："焦站长，我身体倍儿棒，又年轻。没事！打篮球连跑三场，不带气喘的！现在工作任务繁重，干就要瞄准最高处，干个样板出来，不能让救助站丢人！”

焦建平说：“你看看，现在咱救助站真是焕然一新，嗷嗷叫的干劲，多旺盛的精神头，沉甸甸的收获！你传染得我干起工作来，也不知道啥是累了。工作是重要，职责是神圣，我都理解，可你也不能老是这样‘拼老本’，我们的工作任务多着呢。”

许帅虽然感谢老大哥的提醒，但精益求精的工作标准，繁杂琐碎的工作事项，细致入微的工作要求，都推着他在单位里加班加点地奔跑！特别是酷暑严寒，他多了更荦荦牵挂的任务——上街巡逻。天气最冷、最热的季节，也是许帅行走街头最密集的时候。

他说：“天气就是命令，街头就是救助一线。我希望天下不再有受助人员，能够让所有受助人回归家庭，只有这样，救助站才算完成了它应有的使命！”

4

当许帅将热腾腾的饺子和饺子汤，小心地盛给文峰桥下发现的流浪者时，他抖动身体边哭泣边吃着，眼泪滚落进滚烫的饺子汤里，弄得许帅也潸然泪下。

“这饺子让我想起了老娘的味道，可惜她早年死了。娘长得真俊，跟年画里的仙女一般，咋就撇下我撒手人寰呢？后来呢，我就过上了垃圾堆里刨食的生活，活一天算一天吧！”

“看这冷天动地的，跟我回救助站住吧，回咱热热乎乎的家。”许帅诚恳地说。

流浪者固执地摇摇头说："要饭流浪惯了的人，咋能钻进笼子里禁锢？憋也憋出毛病来。我就天当铺盖地当床吧，蛮好，蛮好！哪儿也不去！"

傅有安回忆说，他看到许帅将棉被、棉大衣等物品抱过来，盖在流浪者的身上，关怀备至地说："这是咱救助站的电话，24 小时有人接听。不管什么事，你随时跟我们联系，我们立即来接你！"

安阳桥桥洞下，蜷缩着三个抱团取暖的流浪者。许帅臃肿地抱着棉被、手提饺子，摇摇晃晃地来到阴冷潮湿的桥洞下。他送上厚厚崭新的棉被和热气腾腾的饺子，和颜悦色地说："在这里将就着也不是办法，跟我回家吧。吃住都方便。"

三个人吃着满嘴流香的饺子，盖上了挡风御寒的棉被，对许帅的请求却无动于衷，他们铁心要过自己希望的生活。许帅只能在叹息中离开，然后留下救助站的电话号码，谆谆嘱咐说："咱救助站热线电话，随时有人接听。你们随时联系，我们随叫随到！"

前方是铁西一片漂亮整洁的社区，许帅不由得想起去年深秋圪蹴在这里的一个流浪者。那时这里是遍地狼藉的待拆迁废弃房，周围的商户说这流浪者是个地道的疯子、神经病，谁靠近了就龇牙咧嘴，整天像只死狗一样地蜷缩着。"怪吓人的，万一传染上病了，这罪过可就大了。"于是有人拨打了救助站的电话。

接到电话的许帅风驰电掣地赶了过来，听了商户的指点，抬腿就要走进废墟去寻找。商户急眼了，急忙阻拦说："领导啊领导，你不要命啦！这疯子整天蚊子围着嗡嗡响，狗拉猫啃的，你不怕传染病？还是想点别的办法。"

"没事！"许帅摆摆手指指身上"安阳救助"四个字，认真地说："他是我们的救助对象，我去看看啥情况。有传染病我们送医治疗。"

商户一个箭步拉住许帅，急切地说："领导，我看你应该穿上全副武装的防护服，戴上防毒面具。那地太脏！谁见了谁反胃。"

许帅拍拍他的手，翻过断壁残垣，顺着商户的指点，跳跃着向深处搜寻而去，一堵破败的砖墙背后，他看到了触目惊心的惨状：乱七八糟的纸箱子，堆砌出个窝憋的空间，破烂的衣服油渍斑斑，一个花白头发的六七十岁模样的人，蜷缩在那里如石雕泥塑，乱风卷起纸箱子噼里啪啦作响。

难道……许帅不敢多想，心急如焚地快步到近前，轻声呼唤道："老人家，老人家……"

那人睁开惺忪迷蒙的眼睛，依然一动不动，眼里迷茫的微光看着笑脸盈盈的许帅，好像许帅来抢他的地盘，立即一副仇恨恼怒的眼神，似乎身体里狂暴的火山就要喷涌。许帅依然善意潮涌，他似乎卸下了厚重防备。许帅说："老人家，跟我回救助站吧。这里风雨飘摇的，太冷。"

这老人坚决地摇摇头，却并不搭理许帅，喉头一哽一哽地动着，用手捂住胸口，一副很难受的样子："我哪也不去！我喜欢这里……"

许帅立即将纯净水送上，并给他冲热水泡了一碗方便面，面里加两根火腿肠，送到老人枯萎瘦削的手里。看来他是真的饿了！狼吞虎咽，吃得津津有味。

任凭许帅如何劝慰，老人不再说话，只是摇头，再摇头。许帅送上干净棉衣、棉被，并放些食品，和老人依依惜别，叮嘱再叮嘱。周围商户都竖起大拇指："救助站真是好样的！这样的疯老头，都如久别的亲人一样。能做到这样，真不容易！真是共产党的好干部！”

傅有安告诉我，回到救助站，许帅还是对流浪老人放心不下，决定再去劝慰，想尽办法将他接到救助站来。于是他又风风火火地折回那片待拆区，蹦蹦跳跳地穿越断壁残垣，只看到琐碎的纸箱孤寂地凌乱扑地，流浪老人却不见了踪影，他会去哪儿呢?

凉风裹挟着灰尘砂砾，一阵阵地扑打在许帅面颊上，冲刷着他莫名的惆怅和深深的忧伤。

第 12 章

黑暗试探我

1

突如其来的胃痛开始抗议示威了！却被许帅繁冗驳杂的工作击溃。

日高时分，秋阳爽朗。2014 年 9 月。阳光布设条条金色斑斓的光柱，映照着清风习习的庭院，映照着每一张受助人员的笑脸。清风暖阳折叠着许帅暖烘烘的欢笑，所有人跟在许帅矫健的身后，随着欢欣明快的节奏，活蹦乱跳地运动，放飞心情地嬉戏。在光柱里影影幢幢地跳荡，溅落在庭院的角角落落。

如此欢愉时刻，许帅胃部却刺刺歪歪地堵着胸口，疼痛霍霍然如钝刀挥砍，一脉一脉地冲击得他冷汗直冒。怎么啦？没有吃生冷食物啊！今天也没吃饭不应时，胃怎么抓挠踢打发暴脾气了？

“十人九胃”。隐隐胃痛在许帅强壮机体里侧滑打溜，他依然脸上挂着灿烂的笑容。他镇定地仔细地查看驻站人员的起居生活，精心细致的专注，突然间将疼痛碾碎，胃痛的呐喊抗议被忙碌工作的快节奏扫除！

人声鼎沸的午饭时刻，许帅胃里胀痛又卷土重来，看着热腾腾的蒜薹炒肉、番茄炒鸡蛋、捞面条、大米饭，都是他平常填饱充饥的“忠实伙伴”，它们欢天喜地地堆满了饭盘，却没有等到往日风卷残云般下肚，委屈地朝许帅不停地张望，此时胃口却不给它们半点情面。

许帅疲惫地回到办公室，胃痛更剧烈地阵阵袭来。他倒了杯热水慢慢地喝下，热水得了洹河积蓄的满满能量，波诡云谲地与胃痛搏击，帮许帅将胃痛打得落花流水。睡眠却毫不留情地奇袭过来，许帅倒在沙发上酣然入梦。

吱呀的推门声敲落了许帅的沉梦，他坐起来顿时感到精神焕发，看到焦建平喜滋滋地拿着个文件，兴高采烈地挥挥说：“许站长，我们得了个‘国字号’，看看。民政部‘全国未成年人保护试点’。含金量不低啊。”

许帅接过来认真地看着说：“这既是沉甸甸的荣誉和充分肯定，更是无形的鞭策和最大的激励。救助工作无小事，我们这一班人，要使出浑身解数，擦亮这块‘金字招牌’！”

焦建平点点头说：“‘一分辛苦，一分收获’，我们的付出和汗水，上级看得到，群众更了解！”稍停，焦建平突然发现了问题，他急切地关心说：“许站长，看你神色倦怠，是哪里不舒服？”

许帅笑笑说：“可能吃了哪口不得劲，有些胃疼！一点毛毛雨，无大碍。”

焦建平告诉我，当时他瞪大眼睛劝许帅说：“许站长，去医院瞧瞧吧！老弟啊老弟，病不能硬扛。这么大个摊子，都在你肩头上放着呢！”

许帅故作轻松地从沙发上弹起来，劲挥拳头，扫扫腿脚，神采奕奕地说：“胃疼脑热的，不算病。咱现在就研究筹划，如何让这个‘全国试点’出彩儿。”

夜深已久，许帅蹑手蹑脚地打开家门，灯光引导着他看到心酸的一幕：多文高烧刚从医院吊水回来，额头上盖着毛巾。疲惫的爸爸、憔悴的妈妈、风烛残年的奶奶，都轻声悄语围坐在旁边。

多文哭闹着：“我要爸爸……我要爸爸……”

许帅心头一酸，将多文揽在怀里，就听到了不约而同的叹息。而许帅抚摩着儿子爬满泪痕的脸颊，筋疲力尽里心酸难耐。白天胃痛的抗议呐喊被蔑视，这会儿毫不留情地横冲直撞。许帅轻轻惨笑着说：“奶奶，你先去休息吧。我今晚搂多文睡。”

奶奶却一把拉住许帅，愣怔着老花眼诧异地看着孙子说：“帅帅，你是不是哪里不舒服？你操心单位里的事，吃也吃不好，睡也睡不甜。可不敢老倚仗年轻，咋也得注意身子啊！多文有病都不让叨扰你，我最不放心的是你啊。”

妈妈也说：“帅儿啊，多文总是眼巴巴地盼你……这里有我们，你跟奶奶都去睡吧。看你整天累得够呛，再睡不好，身板哪吃得消？”

此时回到了父母的怀抱，许帅感到劳累疲惫从骨头缝里钻出来，糅合着蜂拥而来的胃痛使劲撕咬。所有的劲头此刻都销声匿迹，让位给排山倒海的瞌睡虫。他照顾好奶奶回到房间，囫囵衣服栽倒床上跌入冰冷沉梦中。

2

“许帅！许帅！！……俺可把你……给盼来了……”

身后突如其来颤巍巍的喊声，许帅诧异地回过头来。他看到了一位颤巍巍的老人，正迎风佝偻而立，如惊鹿般手足无措地眯缝着许帅，焦急的眼神藏不住欣悦和期盼。

许帅惊喜地一个箭步冲过去，牢牢地扶紧他，激动地说：“……老人家，是你啊，鼓楼脚下曾相识！苦口婆心地劝你来，你饮歌长去……来了就好，来了就好……快进家来！”

老人浑身哆嗦着，眼角里翻动着潮红的泪花，弱不禁风的身躯鹑衣百结，脚下似乎灌了铅一般沉重，喉结不由自主地颤抖着。“饿死鬼老是追着我，这骨子里倔强的薄脸皮，混进丐帮都费劲。我现在眼前阵阵发黑、冒金星，这老寒腿也不中用了……”

许帅立即把老人搀扶到体检室，仪器嘀嗒作响汇集着健康的数据。许帅更是善解人意地读懂了老人三缄其口的隐语，肚里咕咕叫着喊饥呢！立即让食堂给老人做了软烂温热饭菜，最快地端到了老人家面前。他又吃到了人间一顿“温暖”的席面。

老人流着眼泪边吃边恳求说：“许帅，你的一番‘清凉’，一直盘桓在我心尖尖！你愿意送我回家吗？我家就是东北那疙瘩的。”又嘟囔着说，“有啥赌气的，一把老骨头了。”

许帅说：“‘他乡再好，终非久留之地’。放心吧，老人家，我会送你平平安安回家。”

胃痛不依不饶紧逼不舍，许帅顺道去市医院进行了检查。胃镜从咽喉里探头探脑地深入胃壁，导光纤维将鲜活的黏膜还原在输出仪器屏幕上。胃壁持续有力地抖动着蓬勃内生力。

富有经验的“四眼”专家不停地扶住眼镜“细窥”，聚焦寻找“病灶”的蛛丝马迹，然后反复查看确认之后，他惊喜而麻利地将胃镜打回原形，摘掉胶皮手套长呼一口气说：“没发现任何异常！一般胃炎。”

许帅赶紧将这一喜讯告知家人。许宏刚回忆说，他却没有松开紧锁的眉头。妈妈顾虑重重地叮嘱说：“孩子，虽然胃镜检查正常，可你要密切观察。只要还疼痛，就要找到病根。以后多喝水，多休息，别再老吃方便面了，更要忌食生冷辛辣。你呀你呀，身体亏太多了，天天都这么累。你最好休假半个月，在家休养休养！”

许帅摇摇头说：“爸，医院报告单明明白白，没有大碍！‘轻伤不下火线’。我能不想歇歇吗？这不，站里刚来个流浪老人，病患丛生，我们把病给他瞧好，把他送家去！眼看天越来越冷，千头万绪的事儿都要操心，哪能闲得住！我贼喜欢养鱼、种花、打篮球，现在一样也顾不上了！妈妈，你别忘了浇水，但也别浇太勤。”

火车恋恋不舍地告别安阳，驰入默默无垠的华北大平原，一路呼啸着向山海关飞驰。许帅和流浪老人亲昵地相对而坐，掠过的风景好奇地看着博弈棋盘。如今老人家经过救助站悉心细致地“变脸”，犹如神奇的现实剧“大变活人”上演。

曾经的破落无奈被神闲气定取代，曾经的孤独落寞被笑逐颜开驱散，曾经的衣不蔽体被簇新款式抛却。梳理整齐的发型，红润在皱纹里藏不住，神情里全是惊喜和期待。

棋盘在“车马相撞”中硝烟阵阵，老人的心情随着车轮飞转，咔哒的响动却拍打着许帅的胃部，震动肆无忌惮堵塞着呼吸，全身都要撕裂玉碎一般，冷汗一遍遍地前来造访，疼痛在心口窝叮咬不休。

老人似乎看出了“端倪”说：“许帅啊，你哪里不舒服吗？快喝口热水，躺下歇歇！”

许帅强打起精神让笑容持续，喝几口热水歪躺在座位上。呼啸的秋末初冬的冷风噼里啪啦地抽打着车窗，雨帘朦胧了迷蒙的远山，凄雨召唤着幽冷不请自来。许帅从冷梦中醒来，发现老人的外套严严实实地包裹着自己，他激灵感动中给老人重新披上。

女儿在车站望穿秋水翘首期盼，容光焕发的父亲让她泪飞顿作倾盆雨，冷不丁就要给许帅下跪谢恩。许帅急忙搀住她说：“派我送老人回家的，是党委、政府，应该感恩我们伟大的祖国！”

女儿懂事地点点头，向许帅深深地鞠躬感谢，并送上了当地丰盛的特产。父亲紧紧地抱住许帅，老泪纵横地说：“要不是你这大善人，我这把老骨头，不知道能不能摸回祖先田儿！”

许帅一一善意回绝，带着父女团聚的喜悦，心满意足地踏上归途。胃疼明火执仗地随着暮秋寒意阵阵侵袭。许帅用矿泉水瓶灌满滚烫热水，顶在了霍霍疼痛的胃部，虚汗哗哗哗地流遍全身。

3

许帅怎么也想不到，来接站的，是父亲许宏刚。

秋雨霏霏，淫雨打湿了父亲的裤脚，朔风搅乱了他紊乱的发际，使劲地捶打着单薄的雨伞。身材魁梧的父亲，愈发显得有些沧桑佝偻，步履有些蹒跚踉跄。父亲默默地把儿子的包裹扛在肩上，也扛起了满满的父爱。许帅一阵阵心酸。

父亲淡淡地说：“去省医院检查一下吧！现在就去。胃疼找不到病根，我和你妈、你奶奶心都提着。你奶奶整宿整宿睡不着。工作再当紧，咱也得先去医院。”

儿子一把拉住父亲说：“爸爸，站里一大堆事，我总得去安排安排；那么多救助人员，我总得看看情况。您放心，上次胃镜看了，没大事！缓缓，瞅着空再说，不差这几天！”

许宏刚擦下眼角的泪花，伤感地告诉我，当时看着儿子乞求的眼神，坚毅而不容置疑的口吻，本来心如钢铁的父亲默然不语。车出了安阳火车站，父亲最终支持了儿子说："去救助站吧！"泪花噙在眼角打转。

约好去省医院检查的日子敲定，家人都紧盯着"黏着"他。忽而接到了 110 转警电话，文峰桥边废弃民房里，发现一个奄奄一息的瘫子，请求救助站火速前去救助。本来正霍霍疼痛的胃部，瞬间被紧急救助情况碾碎。

许帅风风火火地驱车直奔满目疮痍的现场。随着"安阳救助"的湖蓝色工作服闪现，围观的群众爆发出阵阵掌声，啧啧称赞声不绝于耳。隐约听到有人喊这瘫子小七。

小七缩进一堆破烂衣服堆里，掩埋在霉味扑鼻的酸臭里。许帅仔细地检查他的健康状况，全身瘫痪呆若木鸡，只有眼睛偶尔翻动。他亲切地怜惜地喊道："小兄弟，小兄弟……"

小七半睁着眼睛呜呜不清地咕哝着，看模样像个痴呆脑瘫人员。许帅上前抱住他瘦弱干瘪的身躯，将破烂的东西抛弃，酸臭馊味随着挪动氤氲开来。大家合力将小七小心翼翼地放到担架上，换上新衣服、暄被子。许帅麻利地与同事抬着担架，一步三顿轻抬轻放，稳固在救助车的舒适软座上。

许帅心急如焚地说："快！抓紧送医院！"

小七的情况似乎并不乐观：医生忧心忡忡地告诉许帅，这小七想要站起来，论概率恐怕会小得可怜，难道你救助站要养个瘫痪者？但许帅下定了决心："他也与恶魔斗过几回合，如今被我们救出了鬼门关。就要穷尽一切可能和手段，让他站起来行走，让他回到自己的家里！"

医生看着信心满满的许帅，摇头说："悬！不过，谁说奇迹一定不会发生呢?”

许帅亲自参与制订小七的治疗方案，密切观察着他病情的点滴变化，并安排做不间断的理疗按摩，为他的四肢恢复动力“添油”。

许宏刚告诉我：“这胃痛病根不明，我和他妈都心急如焚。”当时父亲的催促电话次第嚣响过来，许帅心思全在小七病情上跳跃，只得再说些推三阻四的话语，换来父亲唉声叹气的无奈。

冬寒袭来一夜间玉树琼枝。小七病情一天天稳定好转，瘫痪的四肢摆动幅度越来越大，眼睛里活泛的光泽越来越多，黢黑的脸色变得越来越红润，许帅心里有说不出来的高兴。

谁知道噩耗就在这时候从天而降呢?采访中许宏刚落泪说：“许帅的胃痛没扒住根，偏偏他奶奶又摔碎了盆骨，唉，这一年真倒霉透顶!”

忽而爸爸的电话再次急促地打来，急切的噩耗让许帅身心俱焚：奶奶去卫生间突然跌倒，浑身难以动弹。现在120正火速赶来。父亲火急大喊说：“帅帅，抓紧赶来!抓紧抓紧!送医抢救，刻不容缓!”

许帅一时间如坐针毡，提心吊胆，心里酸泪涌流，似乎将胃痛冲淡了些。手头一大摞事儿呢!还没去看医疗安置区的滞站人员呢!还没等到小七的主治医生探询病情呢!还没去看小苹果母女的身体状况呢!还没了解小莉、小宫的上学情况呢!还有……

奶奶啊奶奶，我最最亲爱的奶奶，你最疼爱的孙子，神圣的工作职责在肩，你一定原谅孙子不能立即奔赴您的床前!你等等，再等等，我处理完站里的工作，立即飞过去!

半天时辰悄悄在紧张忙碌里“擦除”，等许帅气喘吁吁、跌跌撞撞地跑到医院，奶奶耄耋之年骨头脆弱，脚下没根摔裂了盆骨，已经被推进手术室，紧张繁杂的手术让家人沉默伤心、痛惜不已。

妈妈眼角通红说：“帅帅，奶奶老是念叨着你。胃痛找不到病根不行。快去省医院吧。”

许帅拿着省医院结果来到奶奶病床前，“还是没有发现异常！”

许帅笑道：“奶奶，这下你老可以安心养病了吧。”

奶奶微弱的声音问：“你的胃还疼吗？疼就是最大的异常啊，孩子。宏刚啊宏刚，你抓紧带帅帅去北京，抓紧去！不用管我！”

许帅笑道：“奶奶，十人九胃，小毛病。我哪儿都不去，我就在病床前伺候您！”

奶奶却喘着粗气，焦急上火地说：“抓紧去北京！不用管我，你们抓紧去！”

大家都异口同声地说：“去吧去吧！别惹奶奶生气！奶奶需要静养。”

许帅看着病床上虚弱的奶奶，胃疼却不合时宜地跳将出来，用钝刀肆无忌惮地疯砍猛砸，虚汗慌不择路地从皮肤下拥挤出来。可单位一摊子事情压头，怎么能遽然离开呢？许帅一时间心乱如麻。

4

胃癌四期！2014 年 12 月，首都北京。这是协和医院 8 次胃镜后，确诊出的冷冰冰结果。

许帅本想开展了“寒冬送温暖”行动后赴京，可凶残暴虐的胃痛变本加厉，意想不到的便血突如其来，疼痛如万针穿心，从全身的骨头缝里刺痛，许帅就在家人和同事的催促下，心事满怀地登上了北去的列车，忐忑不安地来到顶尖专家荟萃的协和医院。

30多项最先进的仪器“筛查”着健康“瑕疵”，胃镜一次次地反复“窥视”“病灶”，并取出内壁样本切片分析，锲而不舍的专家“金石可镂”地找到了胃痛元凶，胃壁夹层发生了器质性病变，也称“皮革胃”。病变阻碍了胃部的正常蠕动，唤醒了异常活跃的疼痛，也将癌魔扩散到了五脏六腑。

“可惜啊，多好个帅小伙，可惜了！”专家摇头叹息着，“胃癌四期。也许只有3到6个月的生命了！”

许宏刚落泪告诉我，当时犹如五雷轰顶，一时间天旋地转，眼前一阵阵地发黑，双腿发软有如踩在了棉花团上。许帅倒显得镇定许多，他能看出父亲心中撕裂的绝望，也体会到死神在暗角里的恫吓，他默然无语地坐在病床上，许久，许久。一个急促的电话打破了病房的宁静，原来是救助站同事打来的。

许帅立即换上冷静轻松的语气，与同事商讨“寒冬送温暖”的相关事宜，面对同事隐隐关怀的询问，他也只是轻描淡写地说没事。

采访中许宏刚伤感地说：“本来该我安慰他，父子同心抗病魔的关口，没想到，我们父子俩发生了一次水火不容的‘争吵’。他当时是如此固执哦！让我当爸爸的每每想起来就悲痛欲绝。”

放下电话，许帅歪躺在病床上，爸爸默默地拉住了他的手：“孩子，咱就在这里安心治病。你记住，在这个世界上，只要能救你一命的东西，爸爸都会想方设法弄到！”

“爸爸，这一夜我思考了很多，我决定还是回安阳治疗。我回到安阳，在家里，可以每天看着我的家人；在单位，可以干我喜欢的事业。我不想一个人在北京，躺在病床上无所事事。”

许宏刚摇头说：“孩子啊，你都病到这一步了，咋还要想着工作……协和水平一流，专家多是国内权威。你不要怕，从头再来，留下吧孩子，听爸爸一回，在这件事上咱不商量！”

“爸爸，我知道你爱我，心疼我，但我时刻挂念着救助站。多年来我为它付出很多，我看着救助站一步一步成长，像（看着）我的孩子（一步一步长大）一样，我也很爱这个站，我放不下。”

“年底有很多受助人员需要送回家，我放心不下。我从小都是听你的意见，这次你要依从我。就算我的生命只剩一分钟，我也得回救助站。现在的我，已经不在乎生命的长度，只在乎生命的宽度！”

争论无果而终，让许宏刚心碎得稀里哗啦。

苍老的父亲看着许帅坚毅执着的态度，痛苦塞胸默默无语，他一个人躲在医院安全出口的楼梯里，任汪洋的眼泪恣意纵横，儿子这是怎么啦？他在想什么呢？

北京和安阳医疗之间，难道就要被一个救助站生生隔断！不应该啊，孩子，不应该，你现在可是绝症病人！怎么心思还在救助站里，怎么就不为自己着想着想呢?!

擦干泪花，许宏刚故作轻松地走回病房。许帅床头坐着一位头发稀疏、年过半百、体态丰腴的中年男人，考究的发型展现着丰富的内涵。原来他也是一位晚期癌症病人，听到了父子俩的争论，来劝劝这个年轻气盛的年轻人。

“老弟啊，有多重要的工作，非谁谁不可。叫我说，啥样的工作也没有身体重要不是？任你再重要的岗位，单位里有你不多，无你不少。说起来你大概是个正科级，管着三五十个人的琐碎事。实话告诉你，我一正处级，正科级干部就管百十个。

“我一直也是连天加夜地流汗付出，啥工作都想扛红旗，啥事就想出个彩儿，这山望着那山高，跋山涉水，到头来让死神给黑色幽默了一把。工作天重要，也绝不要打搅本尊了，我只安心治疗身体。单位里没有我老李，还有老张、老王、老马一大溜，都排队等着呢。仔细想来，你能算哪根葱呢？可不能把自己当成独头蒜！

“毋庸置疑，协和是首都的顶尖医院，而你古都安阳，充其量算个地方小特色。这对比多么的不言而喻，所有人都洞若观火，你总不会看不透吧。何必为了一摊子公家的事，让自己在鬼门关前歪歪扭扭。

“留下是最英明的抉择。回去治疗，再带病工作，你图的什么呢？何必这么固执地为难自己？我可是抛一片好心。在死亡面前，权杖再大，一切都是过眼烟云。留给自己一段安闲时光，享受这人生的美好东西吧！”

许宏刚对我说，病友苦口婆心的说辞，只是在许帅耳朵外徘徊，却没有流淌进他的内心里。他带着协和的检查结果，带着沉重伤痛的载荷，回到了淙淙流淌的洹河怀抱里，扑进了救助站火热繁忙的工作中，依然执着如昔的笑脸，依然细致入微的关怀，依然真情盈盈的温暖，却完全忘记了自己被确诊为绝症病人，只有霍霍的胃痛时常造访来提醒。

第 13 章

流星划过的苍穹

1

那双粗糙皲裂的双手，抚摩在许帅童年温暖的记忆里。

奶奶许淑云家门口紫薇花盛开的季节，红得像烈烈炽焰的火烧云，如霞似锦，暗香盈动。许帅常常在花瓣雨里嬉戏，鸟儿在花团里引吭脆鸣，珠玉般的音符跳荡在童年的金色时光里。

奶奶的日子从清冷月头升起，从星光斑斓落下，她坚守医院后勤女工兢兢业业的岗位，还主动承担为病友槌衣服等额外工作。搓衣板上的泡沫欢快地从奶奶长满厚茧的手掌上跳跃，在许帅稚嫩的手指上摇曳起舞。奶奶用衣袖擦拭着脸颊明丽的汗珠，绽放的笑容打发着清苦的岁月。

奶奶被烧碱水浸泡的手掌皲裂褶皱，暗红血痕盘亘在粗糙裂口里，从岁月的勤劳里漂洗过来。小米粥的香甜阵阵飘送过来，奶奶会将锅里玉米糊沾上的每一粒小小的黄色米粒，用铁汤匙细致地刮出来，用已有多处落釉的粗瓷碗香甜地喝着。

“一粥一饭，当思来之不易。”奶奶笑盈盈地说，许帅懵懵懂懂地点点头。

许帅的衣服随着他的个儿“萎缩”，褪去了鲜亮光泽斑斑惨白，奶奶摩挲着这件深蓝褂，叹口气说：“这褂子扔了，怪可惜的，我想个法儿，加个‘金钟罩’，穿着又好看又挡寒。”

许帅稚气惊奇地问道：“有孙悟空的‘铁布衫’吗？”

奶奶神秘地笑着埋下许帅心中的问号。她在昏黄的灯光下穿针引线，在许帅轻微的打鼾声里密密细缝，小号的蓝褂子拉成落落大方的“两滴水”。

当晨曦唤醒许帅的酣梦，他就神奇地看到了自己一夜间长大的“有缝新衣”，小小的别扭在许帅心头稍纵即逝，他听话地把“新”褂子穿到身上。一家人都同声赞道：“真气派！”

“半丝半缕，恒念物力维艰。”奶奶笑盈盈地说，许帅又懵懵懂懂地点点头。

因为“气派”，蓝褂又神气四年！

闪闪五角星别在这蓝褂子上，熠熠锃亮，如许帅胸口一束跃动的火苗。阵阵硝烟弥漫在许帅的脑海里，噼里啪啦的枪林弹雨里，猫腰跑出来持枪指挥杀鬼子的姥爷马长泰。

威风凛凛的姥爷双手持驳壳枪左右开弓，子弹长了眼睛一般穿透敌人脑壳，鬼子嗷嗷叫着狗吃屎般栽倒在地。姥爷抡起雪亮的大刀，劈开了骄纵蛮横的猪头小队长，轻蔑地将他的指挥刀踩在脚下。

“姥爷，那鬼子是不是‘红眼、绿鼻子、四个毛蹄子’，还要‘专吃小孩子’！”许帅坐在姥爷的腿上，摸着他的胡楂问。

姥爷曾任过解放区县委书记、八路军敌后武工队长，日寇曾经出5000块大洋，悬赏他的人头。可是白天悬赏告示刚贴在岗楼上，夜晚武工队的炸药包就抛到了告示下，日伪军在睡梦中支离破碎地见了阎王。

“日伪军是‘杀人魔王’，专杀老百姓；咱八路军最善‘打豺灭狼’，保护老百姓！”姥爷认真地说。

“姥爷，你这肩头谁印的‘花’，真像匹奔跑的骏马！”许帅指着“马头”说。

姥爷哈哈笑道："这是槐树沟摸鬼子炮楼时，鬼子的迫击炮弹的杰作，伤个小皮毛。"

"这里还有个'花'，像个'七星瓢虫'。"

"这是李家洼打伏击时，鬼子打的冷枪，我当时感觉跟蚂蚁咬一样。"

"这个'花'，像只'小黄鹂'。"

"这是 1942 年反扫荡时，与鬼子拼刺刀。三个鬼子做了我的刀下鬼，我也挂了彩儿。"

"哦哦，这后背还有个'大爬蚱'！"许帅童趣盎然地寻找着'花痕'，惹得姥爷搂紧许帅笑声震野。姥爷嘴里有无穷无尽的战斗故事，他的大刀明闪闪砍向鬼子，他的驳壳枪百发百中，他的游击战让日伪军闻风丧胆。

姥爷将唯一留下的被油纸层层包裹的红五星，郑重其事地交到了许帅手上，敬了一个意味深长的军礼。

2

"谢谢！小朋友，棒棒哒！！"

"真懂事。这孩儿大眼睛双眼皮，透机灵！"

赞美喜悦在小小粥棚边回旋。一个小不点在殷勤地舀粥奉送，戴着红领巾的许帅，正恭恭敬敬地将"清凉"送到路人手里。一碗南瓜小米粥，在热浪滚滚里，沁人心脾、凉爽宜人，美美地击溃蒸腾的暑气。

我的采访延续到许帅家里，在安阳市德隆街广厦新苑的一处幽居雅韵，在许宏刚的引领下，我见到了许帅妈妈马琳，和许帅刚刚 9 岁的儿子许多文。客厅一角许帅的大幅照片阳光灿烂，多文却拿出萨克斯管说："我想献给爸爸一首曲子《我和你》，他最喜欢听了！"

说到许帅"暑假送清凉"，尘封的往事在马琳记忆里淙淙流淌。许帅这项暑假作业很特别，"一项有意义的社会实践活动"，班主任马丽娜老师请小朋友到火热的生活里，去见证祖国的点滴喜人的变化，去奉献一份爱的清凉。"他爸爸的意思是从小历练他多吃苦，能吃苦，肯吃苦，这样更能培养孩子的性情和志趣，长大后不张扬，不显摆，有爱心。"。

义务施粥成为奶奶给许帅的选项。奶奶说："暑热里人们着急上火，最想喝一碗南瓜小米粥。南瓜性味甘、温，归脾、胃经，有补中益气、清热解毒之功效，尤其适用于脾虚气弱、营养不良、肺痈、水火烫伤，小米能开肠胃、补虚损、益丹田。这两个食材加在一起真是相得益彰。"

许帅一听拍着双手跳起来："好啊好啊，奶！这就要劳您大驾了！"奶奶轻抚他圆圆的小脑瓜说："让你小屁孩动刀动火的，我能放得下心？"

南瓜小米粥是奶奶的拿手绝活，自己喝了一碗又一碗，怎么也喝不够。家里有现成的林州东姚优质小米，黄灿灿的小米配上金簌簌的老南瓜，文火慢炖，小米的软糯钻进南瓜的清甜里，融化在小米的细小颗粒里，成为入口即化的"黄金汤"。

热浪炙烤着繁华都市，小小人儿此时忙得不亦乐乎，鲜艳的红领巾跳跃胸前，映照着稚嫩童贞的可爱笑脸：

“爷爷，喝粥喝粥，健康无忧!”

“奶奶，香甜米粥，清凉解暑!”

“叔叔，一碗小米粥！凉凉最消渴。”

“阿姨，小米粥一碗，美容更养颜!”

一碗米粥消解着烈烈炎夏，幸福也在爱心善举里清凉初透，小小的人儿精神头雄赳赳气昂昂。“雷锋叔叔”高兴地拍拍他稚嫩的双肩，并悄悄地抚平他胸口的红领巾。多姿多彩的暑假画出了最光辉斑斓的色彩。

一件心羡渴慕威武魔幻的变形金刚，抓挠着许帅心底的痒痒虫，时常萦绕在脑海里拳打脚踢。他唯唯诺诺地向爸爸袒露出心愿，竖起耳朵等待父亲欣慰的首肯。

“好啊!”爸爸一锤定音。是真的吗？你真的会给我买我梦寐以求的玩具?！我要欢呼雀跃了！“想买玩具，你得自己去挣钱。儿子你想想，如果用你汗水换来的劳动成果，玩起来是不是更心花怒放呢?”

许帅睁大狐疑惊诧的眼眸，瞅着爸爸神秘莫测的微笑。变形金刚的手似乎抓挠着许帅的小心脏，缠绵悱恻又推着许帅拉紧了妈妈。“妈呀妈，你有几个儿子?”

“就帅帅自己，怎么啦儿子?”

“有个威力魔幻的变形金刚，从地球的那一边从天而降，龇牙咧嘴地打扰你儿子的美梦，你说咱收了它，好不好?”

“好啊!”妈妈答应得同样果断干脆。妈妈，你的回答足以让我欣喜若狂了，可是且慢，你真的会愿意慷慨解囊吗？“有个公益彩票义卖活动，正可以让你圆梦成真，乐不乐意试试?”

母亲马琳回忆说：“我们筹划导演了这次‘鲜活’的社会实践，

要让年幼的儿子品尝劳动的馨香。让他从小不怕吃苦，长大后才能更有担当，更有作为。”虽然家里衣食无忧，他们期待的眼神让许帅有了跃跃欲试的冲动，许帅从可怜楚楚里冲进了朝气蓬勃。

“我就要用自己的双手，唤来我仰慕已久的伙伴，这样你会更加地欢欣鼓舞，不是吗?”许帅对着心目中的“伙伴”说。

卖彩票的“市场冲浪”让许帅紧张忙碌，一张彩票轻松换来一分钱的进账，人头攒动的渴盼让收益“暴涨”，痒痒虫又在许帅心底里列队出征了。真好啊真好！变形金刚慢慢从想象里大踏步走来。

3

小小人儿何时支棱着耳朵学会了偷窥呢？蹦跶的小想法悄悄地藏在忽闪闪的明眸里。

门缝里有长着翅膀的喜讯。说的是一大摞票子的归属，这是为什么呢……

“上级奖我5万元，我岂能独自装兜里。成绩是大家干出来的，我想分给职工，让大家沾沾喜气，也能更激励干劲。”爸爸乐滋滋地说。

妈妈附和着：“我看行。按说，5万元一套房了，咱装腰包里也理直气壮。但厂长就要高风亮节，以德服人才能凝聚人心。”

5万元在小小的心思里旋转，能买多少款魔幻变形金刚呢？又能坐多少次呼啸飞驰的丛林飞鼠呢?

车窗外有微风飘送的暴脾气。爸爸出国考察归来接机，本该拥抱的欢聚变成风雷震荡。这又是为什么呢……

“怎么还能派车来接？我是昏官大老爷吗？我一个人不能坐公交车回去吗？多浪费！”爸爸发火了。

“许厂长，你出国考察，也是公事儿啊？再说帅帅放假在家，想爸爸，要给你个惊喜。”单位同事赔着笑脸说。

“我们肩负着安阳父老的重托，有钱就要使到刀刃上。特别是公家的东西，更要精打细算，算计不到就受穷啊。”爸爸脸板着，唤醒了儿子心中的怦怦跳的小兔儿。

很少发脾气的爸爸，如此一丝不苟像戏台上的黑脸包公，你这是唱的哪一出呢？要抬出你的龙头铡的节奏吗？公家的东西是啥呢？你的厂子还是这台呜呜叫的小轿车呢？

明天会是一趟什么样的神奇旅途呢？有巍峨的大山，山里有威猛的老虎、迅捷的豹子、机灵的猴子吗？妈妈的厨房里的话被许帅细致的耳朵精准捕捉，作为市民政局扶贫救灾办的主任，妈妈明天要奔赴林州大山里调查摸底。

妈呀妈，我说你这么多天不见人影，原来你在内黄沙区扶贫救灾呀。你个狠心的妈妈，暑假里把我一个人甩在家，为何不带我去沙区骑骑骆驼啊，再不撵个羊群耍耍也好啊。我要去！我要去！

马琳回忆说：“那时我们扶贫救灾工作，几乎每天都在乡下跑，根本没空带孩子。许帅一放假，我就让儿子跟着，耳濡目染，也让他对乡风民俗有更深的了解。让他从一次次的扶贫对象中，品出人生味道的苦涩，对他人性的形成走向都有很大的帮助。”

汽车忽上忽下地躲避着太行山悬崖峭壁，也应和着许帅惊奇兴奋的尖叫。妈妈工作一丝不苟，走村入户揭锅看囤，让娟秀的字体飞舞在她的褐色笔记本上。走过石板岩，踏过任村，穿过桃花洞……

她在高低起伏的山间小径行走如飞，任凭带刺的野蒺藜打湿裤脚。许帅也蹦蹦跳跳地和山间的清风野花嬉戏，巍巍的太行山却如沧桑敦厚的老人静默观望。许帅向山谷朗声呼喊："凤凰岭，我来了！"山谷也跟着童声应和。

凤凰岭静静地藏在山谷的角落里，石头砌成的房屋遍布青苔，淙淙溪流跳荡穿梭。传说的凤凰就这样穿云驾雾而来，落在了唱了千年古老歌谣的破落山村，化作了一位楚楚动人的公主，成为国色天香、凤目含威的皇后。难道皇后带走了所有的福气，却把贫穷落后留在了美丽如画的山村。

妈妈又走进一户人家，简陋的两间小趴趴屋里，坐着一个跟许帅同龄的少年，衣不蔽体，抬起一双惊恐的大眼睛看着他们。家徒四壁，唯一能看上眼的一口铁锅还残破刺眼，用秫秸缉成的锅盔烧焦半边。满墙的奖状却如同一片喜庆飞霞。原来这孩子爹死娘改嫁，孤零零的成为大家的"保护重点"。

妈妈一边做记录一边落泪，而许帅眼睛直愣愣地盯着那孩子的双脚发呆，大家顺着许帅的眼光不由自主地看下去，几个活泛却漆黑的脚指头，在已看不出原来颜色破了洞的烂鞋里憋屈着。孩子似乎也感到了羞涩，赶紧将双脚往只有三条腿的破桌子底下掩藏。

这时候，许帅衣底里的五十元钱在蠢蠢欲动了，这是彩票利润送给他的变形金刚。如今，是不是更应该给小哥哥换双飞奔的运动鞋呢？他的小手攥紧了心爱的"玩具"。

"小哥哥，就让我的变形金刚，为你变一双运动鞋吧！"许帅干脆利索地将钱递给小男孩。

大家都惊愕地看着这一个小人儿。"拿着吧，哥哥。我的变形金刚明年再赚，可你的脚……别再让它受委屈了！”许帅果决地将钱塞进了羞涩的小男孩的衣兜里。

4

美轮美奂的锦绣中华、奇幻多彩的世界之窗、妙趣横生的欢乐谷，你们好吗？1993 年暑假托举着许帅这小蹦跶，飘飘摇摇地来了！

飞机钻进招摇好奇的云朵里，在祖国美丽版图里孔雀东南飞。宝蓝色大海捧出洁白的浪花，鳞次栉比的高楼从地平线生长出来，构成灿如艳霞的人间艳阳天！改革开放的弄潮儿——深圳敞开怀抱，欢迎着古都安阳飞来的 14 岁英俊少年。

这时节，许宏刚被组织委派到特区深圳华盛集团挂职。许宏刚告诉我说：“大半年没见孩子，怪想的。帅帅也想趁暑假来玩。我说，好啊来吧。我的打算是，我挂职锻炼，他社会实践。让他感受一个飞速发展的‘特区效率’。”

深圳真好啊！现代化的钢筋丛林奇幻多姿，霓虹闪烁魔幻了深邃苍穹，清新的海风送来阵阵凉爽惬意，被窝里的许帅美梦缠绕住日上三竿，突然耳朵被痒痒虫悄悄拱醒，极不情愿地睁开惺忪睡眼。

“你看看几点了，忘记了起床时间？”爸爸严肃认真地说。

“哎呀，爸爸呀爸爸，暑假里就让我尽情地睡到自然醒、玩个够吧。我好困好累啊，求你求你，让我再梦会儿周公。”睡梦又将许帅强拽回去，鼾声已然。

“不准睡懒觉！”爸爸说着，棍子“啪啪啪”，毫不留情地落在许帅屁股上，“我打落你一身瞌睡虫！快起！”

许宏刚回忆说，我对帅帅要求特别严格，几乎没有表扬过他，刻意捶打摔练得瓷实些，“必须这样”“一定那样”，我望子成龙近乎苛刻了啊。

疼痛果然惊跑了洋洋酣梦，许帅一个激灵从床上跳起来，眼泪顿时在眼眶里打转，委屈地说：“起喽起喽。收起你的杀威大棒！发点香甜面包吧。啥时有空？带我去那美景名胜去逛逛。”

爸爸点点头说：“想看景容易啊，深圳是个遍地生金的地方，你想不想‘淘一袋金’？”

许帅骨碌着眼眸说：“你不会又要我自食其力，赚门票钱吧？”

爸爸笑道：“正是此意！你也是共青团员了，是不是要拿出点团员的精神！吃饭游玩，钱自己赚。自己劳动的果实，才会更加香甜！”

打包对少年许帅来说枯燥无味，飞梭在稚嫩手掌里笨拙搞笑，许帅腰酸腿疼汗流浃背，累得气喘吁吁、歪歪斜斜。看体格健壮的工友双手翻飞，一件件整齐的物品码放整齐，包口相互攀附紧密结实。

许帅咬牙坚持向着梦想挥汗如雨。双臂酸疼一脉脉向指尖传导，腰疼阵阵让身躯疲惫煎熬，少年豪侠气概让他越干越勇。心底的怨恨总是有的：好啊爸爸，你当工厂的老总，却让你儿子做苦工挣饭钱，你还真忍心啊。

所有的疲惫在夜晚酿造出酣梦，劳累把饭菜变得香甜可口，酸痛很快被勃发的力量冲淡，汗水积累出金灿灿的收获。许帅带着自己的硕果在美丽大都市里畅游。

笑声在锦绣中华的摩天轮上飞转，祖国的大好河山荟萃；舒畅在世界之窗里徜徉，世界的经典胜景聚合；欢跳在欢乐谷里流淌，流光溢彩的民俗扑面而来。在野生动物园，他结识了善解人意的“大猩猩”；在海上世界，他扑进大海的怀抱寻找神奇“龙宫”……

看小小少年买票多么的神气！

他耳朵里又飘进了“金丝眼镜”老板与爸爸的对话。居然是要爸爸把挂职变成“实职”：儿子可以送美国深造！夫人可安排集团旗下在深圳的其他工厂任厂长！哎哟哟，美国？波涛汹涌的太平洋那一边，是有人趋之若鹜的繁华之地吗？

他却看到了爸爸严肃认真地摇摇头，谈笑间就将异域繁华拒之门外。从桑梓故里放飞出来，爸爸的心依然留在煌煌殷都，魂儿融化在洹河无穷无尽的碧涛里。他商海搏击学到的“三头六臂”，都终将回报这片火热的厚土。

第 14 章

针尖上的跋涉

1

“5 号床咋老不见人影？干啥去啦？”肿瘤内科主任王俊生严肃地问。

陪床的嗫嗫嚅嚅说：“……去卫生间了。主任，有啥吩咐吗？”

“去卫生间？”王俊生心里打了个狐疑的问号。

2015 年新年刚过，洹河之滨的安阳肿瘤医院收治了一个胃癌四期的锦衣青年，看他风度翩翩、谈笑风生。“举觞白眼望青天，皎如玉树临风前”，王俊生眼前跳跃出杜甫的诗句。他隐约听说这年轻人许帅，是市救助站站长，正有“白马饰金羁，连翩西北驰”的潇洒，为何遭这飞天横祸！

王俊生对我说，初见许帅真有剜心的痛惜。“他跟我家孩子年龄差不多，太可惜了！这么英俊潇洒真才俊，亮丽生命在罹患绝症中进入倒计时，快则 3 个月，慢不过 6 个月！繁花正盛的时节里，怎奈将在魔鬼辣手里悄然凋零？”

我问：“风华正茂的许帅，咋会得这恶疾？”

“说起患癌因素，环境、饮食、情绪、压力、遗传等很多。许帅心里牵挂着这么多需要救助的人，夜以继日，太操心。工作繁冗，吃不应时，睡难安眠等，或许是诱因。你看看他正灼灼其华，身体多健硕……太可惜了！！”他的眼角泛着泪花，摇摇头，“如果不是这绝症，他会救助更多人。”

许帅真是不听话的病人。已经到了胃癌四期，狰狞的死神恫吓诡笑，正组织化疗药物严阵“阻击”，怎么一拔针头就不见踪影？还有比命更重要的当紧事？王俊生接诊不计其数，头一个撞见“心里装满工作、毫不怜惜自己”的晚期病人。

此时许帅利用“障眼法”“瞒天过海”，已经偷偷溜回了救助站，正在医疗安置区检查人员康复情况。“温情救助大爱无疆，为了理想永不言弃！”从京城回到救助站后，许帅苍劲有力地镌写下警醒便签。

这些滞留的流浪人员，一时找不到家。按照救助规则，一般10天为期限。可是救助站既然“接回了家”，总不能将无家可归的人再撵走吧！理疗康复和心理矫正同步进行，为他们找到家“披荆斩棘”，开辟一条返程的阳光通衢。

化疗奋力阻击病魔的同时，药物的副作用带来食欲不振、恶心呕吐、腹胀便秘，贫血将静脉血管变得微弱细小，护士扎针瞪眼细看，血管却与眼睛玩起了“障眼法”，与血管差之毫厘的针头又要拔掉重扎。许帅笑道：“没事没事！这扎针跟挠痒痒似的。只怪血管受胃痛欺负，也龟头缩脑了。不该呀！”

化疗的反击和病魔的张狂，在许帅身体里悲壮缠斗。胃里成为满目狼藉、百孔千疮的战场。疼痛恶心如烈焰阵阵翻滚，肆无忌惮地蜂拥而来，爬满许帅身心，狠心啃噬撕咬、扭曲变形；疼痛从肢肢节节的骨头缝里钻出来，虚汗从支离破碎的身体咕咕地冒出来。

焦建平回忆说：“许帅回到救助站里，从来不提病情；总是灿烂的笑容，感觉和病前并无二致：微笑沐风，和蔼可亲。就像一束最灿烂的阳光，带给所有人最温暖的关爱。不过我能感受到他身体里碾压着的霍霍痛苦。”

说话间焦建平热泪盈眶。我也为许帅的坚强默默流泪。

“哦……哦哦”，许帅来到哭闹声清亮响彻的母婴室，抱举起白白胖胖的“小苹果”。许帅扮个鬼脸逗逗她，小妮子似乎记起了许叔叔先前无微不至的守护，瞬间停止了哭声，黑豆似的明眸闪动着天真无邪，凝望着璀璨爽朗的笑容。在许帅的臂膀里温顺成安安静静的小公主。

“小苹果”的母亲一直在不间断地做矫正治疗，精神安抚和心理干预双管齐下。她从痴呆状态回归正常生活，变得逐渐清醒安稳。此刻正独自翻转着“小苹果”的玩具，一副其乐融融的样子。

许帅见到焦建平，忧心忡忡地说：“要让‘小苹果’回家，我看还得与公安部门结合，上高科技手段!”

焦建平若有所思说：“你是说采集 DNA 血样，进行联网比对、精准识别?”

许帅点头说：“你想想，咱们为滞留人员苦心寻家，而他们的家人肯定也在期盼踏寻，这两头相差的，是不是就是个接头渠道？最精准的就是 DNA 鉴定！文泰分局治安大队驻在我们站里。我们应该借这一优势和平台，申请‘走失人口库和人口信息管理系统’，架设寻亲人员‘绿色通道’。”

焦建平告诉我，看着许帅眼睛里灿射的一缕明光，心里却犯起嘀咕：癌魔正在体内肆无忌惮地扩散，还适合走街串巷、颠簸奔走吗?

2

“许站长，如果你的工作能推一推，咱尽量卧床静养，要留下更多体能对抗病魔，好吗?”王俊生查房会诊后，单独拉住许帅的手，温声细语地说。

许帅瞬间愣怔住了，接着无奈地羞涩笑笑说：“王主任，感谢您的抬爱。这次化疗效果很好……我实在是牵挂着站里的工作，身在医院心在站。能趁治疗空闲间隙，跑那里看看，心里也踏实些！”

王俊生不觉间眼角湿润了：“许站长，我知道救助站长是组织交付你的神圣职责，救助工作是党委、政府救助的‘兜底工程’。可是你再想想，身体是革命的本钱，只有养好了身体，才能作出更大的贡献啊。”

许帅点点头说：“王主任，说心里话，我特别热爱救助事业，我干的每件事情都倾注了无数心血，对得起自己的良心。我有很多热情，所以我的想法才能一点一点地实现。我的生命不多了，我要让所剩下的有限岁月，都变成增加人生宽度的日子。”

王俊生回忆说，他当时默默然再也说不出话来，为这个坚强的汉子，心底里的热泪涌流。他叫来医生、护士，为这位执拗玩“障眼法”的站长，单独制订了一套“私人定制”的诊疗方案，并要求大家精心细致地倍加关心照顾。“能为大爱无疆的站长抗癌路上助一臂之力，这也是我们的大爱无疆吧。”

拔掉针头匆匆赶回救助站的许帅，得到了南国边陲飞来的喜讯。“小苹果”母女找家有眉目了！这佳音如长了翅膀席卷救助站。

“广西玉林！”许帅闪烁的泪光在地图上扣准祖国壮乡南大门，坚持不懈的付出有了真切回应，真好啊，真好！星空不问赶路人，唯愿结果不负有心人。许帅心底激起层层波澜，真替“小苹果”母女高兴。

“看着很像！”电话那头，失散女儿的父母撕心裂肺的哭声，刷动着许帅的肺腑。太像自己女儿了，眉眼对，口音对，年龄也相符。不过，因为时隔18个冬春，却真的不敢确定。“最好是。我们悬着18年的心也放下了，真感谢恁河南的好心人!”

许帅虽然为失散女儿的老夫妇伤心，可寻亲证据链必须严丝合缝，他请求对方将DNA寄来，并与“小苹果”妈妈进行了比对。比对结果会如愿以偿吗？冰冷的结论击碎了满心的祝福，让这次希望满满的寻亲与“小苹果”母女擦肩而过。

许帅信心满满地给大家打气说：“同志们不要泄气。‘口音’明白无误地锁定了地域范围，‘小苹果’妈妈就在玉林一带，这范围缩小到‘圈海捞鱼’的地步了，核心真相离我们咫尺之遥了。再说矫正治疗会让妈妈记忆‘刷屏’，说不定会跳荡出准确音讯——那就是远方家的深情召唤！瞧好吧!”

吊水滴答无声，悄无声息地与病魔短兵相接，厮杀在不见硝烟的战场。电话铃声总会此起彼伏，疼痛岂肯停留片刻，许帅却瞬间变得镇定沉稳，话语亲切自然，完全没有绝症病人的虚弱难受。办公桌通过手机“搬到”了病床上，站长的职责在病体里运筹帷幄。

一条信息突然从驻村工作群里，如热油迸进许帅心里。一个幼童呆滞无助的眼神，让许帅的心揪紧了起来。他拔掉针头急匆匆赶回救助站，火速带副站长焦建平和未成年保护中心主任姚远前去调查救助。

“十万火急，”许帅对焦建平说，“咱立即跑一趟。我们不能无视祖国的花蕾刚刚绽放就枯萎。”

麦田凝翠，小草初绽，风拂弱柳，车轮飞转。许帅、焦建平等立即出发去宝莲寺镇十里铺村。3岁幼童黄新，老家房屋坍塌成为废墟，寄居在大队部的偏房里凄苦无依。和脑溢血留下后遗症的父亲相依为命，父亲一走三晃说话含混不清，已三岁的小黄新咿咿呀呀还说不出一句囫囵话！

许帅含泪将孩子抱在怀中，当即拍板说：“孩子不能再耽搁了，我们救助站接手过来。送他上幼儿园，和正常孩子一样学习、生活，学费、生活一应花费，我们想办法解决。如果不帮他，可能他连一句完整的话也说不清，他的一生可能就毁了。党委、政府交给我们这份工作，就是不让一个人丢下，都要享受到祖国的温暖。我相信只要大家一起努力，他以后的人生就可以改变！长大后学到本领，一定能报效国家。”

晴空初照，阴翳散去。小黄新穿着救助站准备的新衣服、背着新书包，带着新文具，高高兴兴地随着欢笑的人流，走进了书声琅琅、笑语阵阵的幼儿园。他成长的道路上的幸福时光，忧郁孤独的眼神增添了玩童的神彩，话语也从结结巴巴到顺畅正常了。孩子，你知道一个正被病魔折磨的叔叔，在目光炽热地关注着你吗?

“孩子，我们会对你跟踪救助，”小黄新透过手机屏幕欢笑着向许帅问好，病床上的许帅烈焰炙烤的疼痛，顿时被喜悦冲淡，“直到你长大以后，走过冷风凄雨。许叔叔会陪着你风雨同舟！”

3

“出院？绝对不行！不要命了吗?”王俊生内心震惊诧异。

“我们死劝活劝，嘴皮子说得起泡，可许站长一个劲儿地说工作忙，执意回救助站去！”值班医生说。

2015 年春寒料峭，化疗药物在许帅病体里与癌魔的搏斗有了短暂的休整期。医院为他做了“腹腔镜腹腔探查 + 腹腔置管术”，术后三天又连续 3 天往腹腔内灌注化疗药物，流程要求必须住院观察进一步治疗。谁知化疗刚结束几天，你咋能不顾医生的“逆耳忠言”，强烈要求出院回救助站呢？你不知道你自己才是最该被救助的吗？

王俊生找到许帅叹慰说：“许帅，现在手术切口还没有拆线，白血球量也低，电解质也需要补，这样很容易感染。况且腹腔还有积液要引流。现在出院绝对不行，极端危险！”

许帅倔强地说：“放心吧，我年轻，恢复得快，要有什么不舒服，我随时回来找你。我都住院好多天了，救助站工作千头万绪，这么多救助者吃喝拉撒，我在病床上总也躺不安稳。”

许帅刚回到救助站，就听到焦建平喜滋滋地传来的大喜讯：“许站长，我们站再获‘国字号’荣誉，被民政部评为‘2014 年度全国寒冬送温暖先进单位’，我们一个市级站能得到民政部首肯，这可是我们干出来的！”

许帅深情地抚摩着鎏金闪闪的奖牌，心底里洋溢着无尽的幸福，坦诚自谦说：“我们离上级要求，还差得远哩！我们要用‘菩萨心肠’，甘做蜡烛照桑梓，把这‘菩萨事业’干好，不负国家，不负党恩！”

回到救助站不久，2015 年初夏时分，许帅竟然又要去外地送救助对象，这让一直压着火气的许宏刚瞬间爆发了！

“怎么，跨越崇山峻岭，去送救助对象回家，就你这身体，儿子，你疯了吧？”许宏刚不可抑制地发火了。

“爸爸，你别急，我身体不是还好好的吗？第一轮化疗让癌魔

‘退避三舍’，我感到浑身疼痛也减轻了。现在天不冷不热正好。人家都能去送，我站长更得带好这个头！”

“你别忘了，你现在的这病……还适合长途跋涉吗？又不是急难险重的任务，站里这么多同志，非得让你去吗？我实在难理解了，你病到啥劲了，还要冲到第一线去?!”

“爸爸，就是因为这样，我才更想去。你知道吗？跟救助对象在一起，能送他们回家团聚，对我来说，没有比这更高兴的事啦！我的心情一高兴，病魔也会抛到九霄云外。病痛是来势汹汹、不依不饶，可我一想到救助站的工作，这病痛也就突然间被碾得无影无踪了！”

“爸爸，我是一名共产党员，组织把我放到站长的位子上，我在岗一天，我就要把站长的工作干好，这样才对得起组织的培养和信任，才对得起同事的期盼，才对得起救助对象，才能成为名副其实的民政‘孺子牛’。”

我看到沉浸在往事里的许宏刚颇为伤感，也能感受到他最浓厚的舐犊之情。天下没有不疼子女的父母。作为家里独子，儿子就是许宏刚全部的寄托。可儿子当了站长以后，却越来越跟他“分庭抗礼”了。加班不回家吧，忍了；没时间照顾孙子吧，忍了；没日没夜为救助者操心吧，忍了。突如其来的绝症让他五内俱焚，每天心都在油锅里熬煎。

做父亲的权威在协和医院被儿子果断地横扫一地，放弃京城优越的医疗条件，头也不回地返回安阳。儿子如今住院化疗也不能安生，似乎对自己的绝症视而不见，心里装的，居然全是救助站里那群呆头呆脑的人和那摊子鸡毛蒜皮的事。

许宏刚对我说：“你说说这孩子，就是这么执拗！救助站的同志们也都劝他，安心治疗，站里的工作，自有大家分担。他也许是感觉时日不多了，就更紧迫地竭尽全力地投入工作，痛着工作着，似乎是他最惬意的状态。我犟不过他，最后又不得不遵从他的请求。”

西去的列车在祖国沟壑纵横的黄土高原上穿行，辽远的天空如穹庐罩在头顶，春末夏初的季节勾勒出变换多彩的图画，休闲的云儿幻化成不同的角色，漫步在蓝色的舞池，漫山遍野的碎花绚丽浸染，如一幅幅大美祥和的人间仙境。这个初夏的西北之旅会是一种怎样悲喜交加的体验，悲的是癌魔苦苦相逼，喜的是又一个救助者就要和家人团圆重逢了。

这些年来，不怕山高水长，无畏寒冬酷暑，你接了多少流浪者回到救助站的家里，你又送了多少流浪者踏上归途？你一声喟叹，老天爷为何不能多给几年呢？那时救助站又会是一番新模样！而又为何，你这红灯闪烁的有限生命里，更加顽强执着地踩着死神奔跑！时间不多了，不多了啊！

疼痛是明晃晃的刀山，剐咬着每个骨节；癌魔是迅猛喷发的火海，炙烤着寸寸肌肤！每一个关节都痛楚难耐，每一寸肌肤都支离破碎！刚强无比的站长啊，是什么推着你将锋利的刀山吞进肚里，将愤怒的火海踩在脚下。是一个共产党员的赤胆忠心吗？是站长的神圣职责吗？是大爱大慈的无悔担当吗？

“哪怕生命只剩下最后一分钟，我也要在救助的岗位上奔跑！”许帅心硬如铁。

4

“……你是我的小呀小苹果儿，

就像天边最美的云朵；

春天又来到了花开满山坡，

种下希望就会收获……”

欢快的节奏总会在许帅耳畔跳跃，甜甜的蜜意就在“小苹果”母女白胖俊俏的笑脸上流淌。许帅在“小苹果”母女身上种下的希望，眼看着就开出了芬芳清香的花朵。

2015年的阳春季节，许帅刚从医院回到救助站，他照例来到了母婴室，抱起咯咯爱笑的“小苹果”，在有意无意地与“小苹果”母亲唠嗑，就是要“别有用心”地刻意“套”话，以期能捕获到令人欣慰的“成果”。

“你叫什么名字呀？从哪里来的？”

“万某某……万某某……”

“看看孩子多可爱，想不想带她回家？你家在广西玉林哪个地儿？”

“青湖镇……”含混不清的微弱话语。

许帅迅速地烙刻下来，再笑眯眯地问：“哪个山沟沟里的哪个村寨，你还记得吗？”

“平安村！”小苹果母亲话语更加清晰了。

许帅真是喜出望外，紧抓着有效信息赶快去查询，在广西玉林一带的百度地图上仔细地搜寻。青湖镇，平安村，万某，这些关键词搜索下来，陆川县就这样结结实实地从天而降。看来，“小苹果”远方的家，真的要柳暗花明了！

许帅在 4 月 19 日的朋友圈里欣喜宣布：“我们的小苹果马上就要回家了，站里的工作人员真是操了不少心啊。8 个月时间找到家，大家可能觉得很久，但是对于一个精神有障碍的人来说，我们真是费尽心思了！为救助站点赞！”

“你去送？不行！这不是开玩笑吗?!”焦建平一听就急眼了，“保重身体要紧！你能健健康康地养好病，就是对救助工作最大的支持！我代表你去送，保证不会出半点差池！”

“你老大哥啥工作都鞍前马后地跑，我太过意不去了！”许帅似乎还要坚持自己的意见，“我的身体也就这样了。这次的长途出差我能行，我送过这么多救助者都一路顺风！我去还省吃喝，绝对半点也不耽误工作！”

焦建平坚定不移地说：“你现在连饭都吃不进去了，万一路上有个山高水低，如何向组织交代？如何向你父母交代？还是我去送吧！要是你去送，大家不但要照顾救助者还得照顾你！我随时跟你保持电话联系，等于你如影随形了！放心吧！”

许帅精心挑选了以焦建平为组长的四人护送小组，另有两名随行记者。购买了奶粉、纸尿裤、食品、随身衣物等，一件件地装入厚重温暖的行囊。许帅一遍又一遍地叮嘱大家，火车上要轮流换班睡觉、吃好喝好；注意早晚温差，千万别让孩子感冒了；要明确一个人时刻盯紧万某，防备她人多气躁精神病发作……

“哦哦，我的‘小苹果’乖乖哦，看被洹水滋养得白白胖胖，别忘了长大后出息了‘常回家看看’！”许帅抱着“小苹果”依依不舍地潸然泪下。离别被眼泪打湿，溢出难舍的色彩。半年多的找寻煞费苦心，模棱难辨的言辞让人千转百回。

如今8个月的“小苹果”就要回到温馨家园。许帅抱着孩子亲了又亲，泪水流在孩子稚嫩的脸蛋上。你的身体里留着潺潺的洹河水，你的明眸里印着煌煌殷都的风采，你的笑靥凝聚着安阳救助人的深情，你的脑海里奠定了人间最明媚的艳阳天!

母婴室里充满着欢声笑语，相聚的欢愉总会带来离别的忧伤。许帅挥手告别，眼角里飘零着泪花，一脸灿烂醇美的笑容躲藏着不舍的泪痕。在你们无家可归、颠簸流离的人生道路上，救助站就是你们温馨的“生命驿站”，为你们点亮一段心路历程，但愿这点亮光照亮你们的漫漫人生路!

一向胡言乱语、意识模糊的万姐，突然拉住许帅的手说：“许站长，大好人!”

停了停，她又说：“安阳救助站，都是大好人!”许帅又落泪了。

列车昂首长鸣，缓缓驶出了许帅模糊的视线，呼啸着踏上南国的旅途。欢天喜地的护送小组承载着远方亲人热切的期盼，也带走了许帅很深很长的牵挂……

第 15 章

捧着心　蹚着火

1

6 个月后，许帅病情突然恶化，癌魔扩散呈现不可抑制的“加速度”，眼看着身体每况愈下。

许帅躺在肿瘤医院病床上，看着吊水滴答滴答地落入身体，却完全阻止不了癌魔疯狂转移的张狂，看来专家预言的 6 个月大限或许姗姗来迟。第二轮化疗顺利开启，有针对性的新调整药物前来紧急助阵，慢慢稳定了生命体征。

许帅是日渐佝偻枯槁。病魔侵蚀锁紧了他的食欲，体重从 160 多斤锐减到不足 100 斤，曾经的沁人心脾的美味佳肴也爱莫能助，支撑身体的排头兵换成了喝营养液。这时候瘦削高挑的许帅戴着浅灰色鸭舌帽，看着救助人员荤素搭配，吃得津津有味，满嘴流油，一头大汗。

焦建平清楚地记得，许帅到站里的头一件事，就是到医疗安置区转转、看看。自医疗安置区设立以来，已收治智障、癫痫等流浪乞讨临时安置人员 200 多人，其中 138 人病情好转，128 人被顺利护送回家。

总会有人过来请他坐下吃饭：“许站长，来吃饭！粉浆饭，香醇浓郁，酸甜适口，香着呢！”

许帅的幸福就满满洋溢：“你们吃好喝好。你们吃饱了，我也就吃饱了。你们吃饱了比我吃饱还高兴！”

被救助人员多是些不灵透的流浪者，许帅的话的确是需要时光进行诠释的，一个救助站长，此时行走在救助者中间，手脚因药物作用开始溃烂，血压因药物反应也变得奇高，病魔的折磨已经让他步履艰难，形销骨立，只有精神还非常矍铄，笑容一如既往地灿烂，可他整洁的衣服里包裹的，却是千疮百痍的身体。

金秋时节，北京来的电话振响着许帅的手机，原来是协和医院的专家回访。当得知接电话的就是许帅时，惊讶地问：“你不是癌细胞已经扩散了吗?”

许帅自信阳光地说：“是啊，一转眼9个月飞逝，我现在活得很好。我觉得我还能继续活下去!”

专家感慨地说：“一个乐观自信的人，才能创造生命的奇迹!”

癌细胞的扩散让许帅出现了腹胀、腹痛、尿血，体内因化疗产生大量积液，源源不断地储进导流袋里。而在化疗与病魔激烈对撞中，头发成绺成绺地不辞而别，不经意间成为了“光头老衲”，好在有一顶灰色鸭舌帽遮掩。

小便失禁也随之而来，出现在救助站的许帅又不得不穿上纸尿裤。许帅啊许帅，病魔正在扼住你的咽喉，踩扁你的身体，你还是躺在病床上老老实实养病吧!

2015年8月，突如其来的天津港爆炸震动了渤海湾。许帅第一时间主动联系天津塘沽港救助站，询问看有没有安阳籍的人员需要救助，许帅痛惜地说：“天下民政是一家，全国救助一家亲，只要需要，我们就要在第一时间为需要帮助的人送去温暖!”

很快，一名安阳籍的被救助者被从天津接回安阳救助站，许帅在8月22日朋友圈记录道：

“能为天津爆炸事故的伤者服务，打心眼里感到高兴！天津回来的那人是水电工，干活儿的地方距离核心爆炸区仅仅500米，九死一生，浑身玻璃碴伤痕，俩膝盖比较严重，还没抽线。今天早上终于让他们全家团圆!”

然而许帅却每时每刻都在琢磨着站里的工作，在病床上，他看到了财政部、民政部、工商总局联合印发的关于政府购买服务的管理办法。而此时安阳财政部门也出台了政府向社会力量购买服务流程。

如今国家为“民生工程”量身定做购买服务举措，正好可以利用好惠民政策，打造“医疗安置区升级版”!

许帅立即在病床上着手起草《购买流浪乞讨滞留人员基本医疗和生活保障服务实施方案》，通过政府购买服务方式，让救助站各项政府采购任务细致严密实施，也让滞站的‘痴呆傻’人员安置有了资金的“坚实保障”。

虚汗化成徐徐蠕动的虫爬满全身，汗津津湿透了重重衣衫；眼睛也变得酸麻，字迹变成了热锅上慌乱的蚂蚁；握着水笔的手掌渗出斑斑血迹，粗笨的呼吸焦灼着身体，让疼痛一张一翕地刺痛；暴风雨就要来了，混合烈火炙烤的焦糊味，死亡已经张开了血盆大口，就要跳将出来吞噬生命。

许帅咬着牙关面对死神的恫吓，他露出了一副蔑视的眼神。你使出了浑身解数，你将我的身体摧残得八花九裂，但我不会倒下！我就要站成挺立的砥柱！我是合金钢的共产党员，粉身碎骨全不怕！这么多被救助人员都眼巴巴地渴盼着我，我就用最大勇气将你踏在脚下!

他接着拿笔一遍遍修改，笔杆的血垢越来越厚，方案也越来越清晰起来。死神化成了火海席卷过来，将许帅放在烈火中燃烧！来吧，让烈火来得更猛烈些吧！许帅躺在病床上，脑海里仍在思考着救助站的每一个细节，他浑身充满了复原的生命力!

许宏刚感慨地落泪追忆，你说这孩子多执拗，拔掉针头，许帅坚定执着地出现在财政局门外，他艰难地拄着拐杖，每挪动一步似乎像踩在刀尖上，脚掌不再自如地听从大脑指挥，两条枯萎的腿更是扭扭捏捏地不愿配合，似乎大地变成了一朵飘浮的黄云。

出现在财政局的许帅扔掉了拐杖，他使尽了全身的力气走出了蹒跚的步履，他浅浅淡淡的微笑依然有着无比的亲和力，鸭舌帽一如紧箍咒护住掉光头发的光头。好在，对方也全心关注在工作上，似乎并没有在意许帅精神矍铄里的虚弱无力。

焦建平告诉我，方案经过商议充实，要与财政局无缝对接了。这种公益服务类购买服务，没有旧例可循，没有经验套用，许帅稳稳地推着救助站，在安阳第一个吃了“螃蟹”。

年底财政部相关调研组莅临安阳，来到了救助站。当调研组看到救助站里医疗服务规范有序，各项物品流程管理登记明确，被救助人员笑意盈盈、整洁祥和，他们对救助站的政府购买服务工作给予了充分肯定！

2

你能想象到，一个人接连撞到南墙的沮丧悲痛吗？在病魔折磨里的许帅，却愈挫愈勇，甚至有些执拗。

“领导，你想想，如果我们能帮助‘痴呆傻’人员找到家，信息查询是不是搭起了‘民生工程’的桥梁？”

“给你们救助站专门开通信息查询专线？那不可能，也没这必要！”

许帅将受助人员的照片，从相册里扒拉出来，一张张苦涩而迷茫无助的脸庞，一一滑动在领导面前。许帅请求说：“这些没有回归家庭的救助者，是不是家人也在胆肝俱裂地血泪呼喊呢？说不定他们早就被纳入了走失人口系统。您想想，开通专线查询，对帮助他们回家意义太大了。”

对方坚定而不容争辩地说：“这层层审批道道关，前面无车，后面就不会有辙，谁敢轻易破例？咱还是省口气歇歇吧！”

许帅跟焦建平说起这事，却更加坚毅执着：“‘民生工程’是党委、政府最重视的工作，我感到领导会拍板支持。为了我们的家人尽快返程，有一丝希望，我就做百倍努力，说不定成了呢？”

焦建平关心地说：“许站长，躺在病床上好好歇歇吧！医生护士都抗议了，遇到你溜得快的‘刺儿头’，你既然住院可得遵医嘱啊。”

许帅哂笑道：“没事，没事，我这病也就这样了！病就像弹簧，你强它就弱，你弱它就强。”

许帅感叹地说：“被救助人员已经很可怜了，我们一定要对他们像家人一样好，让他们感受到党和政府的温暖和大爱。让我们的爱心传递，温暖每一个受助人员。禅宗说：‘爱出者爱返；福往者福来’。在这个世界上，因为有爱，所以世界如此美好。救助工作是良心活儿，只有具备愿意帮助别人的爱心，才能干好救助工作。”

焦建平告诉我说：“当时，看到许帅，真替他着急。他病情危重，化疗后拔掉针头，到了站里依然风采依旧，真是拽着疾病奔跑，又不忍心戳透。他根本没把自己当个危重病人，依然是‘拼命三郎’的架势，让人想起战场上王成‘向我开炮’的悲壮，真让人心疼。”

一次不行就两次，两次不行就三次……

许帅曾经感慨地说："救助站不去救助他人，倒是没有责任，难道这样就达到目的了吗？最起码安阳救助站是负责任的！希望社会氛围越来越好！"

真是一回生二回熟，三回就当亲戚走。许帅的"苦情牌"显然很奏效，"民生工程"让问题有了通融余地。本来，一个市级救助部门，怎么可能给你开通信息查询专线呢？看在民生"兜底工程"的份上，许帅竟然一步步地得到首肯。

114 名流浪乞讨人员采集 DNA 血样，长期滞站的流浪乞讨人员有了"精准识别"的"通行证"。公安部门进行 DNA 检测血样分析，并录入全国走失人口信息库、全国打拐 DNA 信息库进行检索匹配；一旦比对成功，就有一个救助人员握到了"回家"的门票。

许帅喜悦地看着流浪人员采血、编号、照相，他心底的喜悦瞬间折断了蜂拥而来的疼痛。他一会搀扶着这个，一会儿又架着那个，爱心浓浓地在他艰难行走的步履上流淌，关怀在他善意满满的眼神中注满。

很多人依然是麻木不仁地走过许帅的爱意，是病魔的控制让他们对世界感知缺失，可或深或浅的笑意依然被点燃，或多或少的高兴不时地从病魔手缝里渗透。许帅拍拍他们的肩头，他们就报以春风十里，氤氲在漫漫回家的旅途里。

许帅思忖着：这些流浪乞讨人员，是因为什么流浪街头乞讨度日呢？因先天残疾被抛弃？或因痴呆、精神疾病等而不慎走失，导致流浪露宿街头，风刀霜剑里活命？

救助站给他们撑开了一方温馨的晴空，如今随着 DNA 输入全国打拐信息库，为他们开通了一条便捷回家的路！还有什么比找到家更让他们高兴的事儿呢？可喜可贺！幸福洋溢在许帅身体苦痛之上。

病魔烟火缭绕地在体内燃烧，许帅感到了身体如同坐在火上炙烤！化疗的副作用越来越明显，权威专家给出的 3 到 6 个月“生命红线”，早让许帅抛却到九霄云外，他投入到救助工作中，就有说不尽的无限快乐！

3

“我可以输，但我决不放弃！”在“死亡通牒”的阴影里，许帅争分夺秒地推进着救助工作飞奔。

“每周例会他几乎没有缺席过，一到站里他就精神了。”我在救助站采访时，大家都异口同声地说。

周一、周五的救助站例会，许帅都是雷打不动地主持。以前大步流星、雷厉风行的许帅，现在行动迟缓却神采奕奕、思维敏捷，身体虚弱却果断利索、有条不紊，布置任务层次井然，工作起来储存着满满的正能量。他招牌式的笑容让人倍感亲切，宛如息息相通的邻家大男孩。

病魔的摧残中，拄着双拐的许帅成了“四条腿”，导流袋，警醒着绝症的“重量”，纸尿裤狙击着癌症的疯狂。血压噌噌地往上蹿，低压 120，高压 180，手脚首当其冲地迸裂、溃烂。维持生命体征基本靠药物和营养液了。

乌云堆积出阴翳漫天，飕飕冷风一阵紧似一阵，锦绣中原迎来了大范围的雨雪降温天气。许帅公文包里的开会通知又在闪现，这么重要的全省民政救助工作会议，许帅觉得自己不应该错过。

他没有让两位副站长知晓，他们肯定会拼命拦住并主动替会；他没有让医生发觉，医生有更多的条条断然拒绝。他也没有告诉爸妈，心疼儿子的父母怎么会让你轻易得逞！

许帅架着双拐，不顾寒冷的北风“呼呼”地咆哮，不顾四周一股股寒气直往骨头缝里钻，不顾漫天雪舞迷蒙了双眼，悄悄地坐上了发往郑州的列车。

火车穿行在茫茫的豫北平原，流动的雪景壮丽无比，天地之间浑然一色，只能看见一片银色，好像整个世界都是用银子装饰而成的。坐在飞驰的列车上，也放飞着自己的思绪：雪是水的精灵，冰的魂魄。雪花，并不只是寒冷，它有颗热忱温暖的心。当太阳高高挂在天边时，它将无私地在阳光的照耀下融化自己，融化成一粒粒小水滴，供给大地，滋润世间的万物。它是爱的生命的使者。

雪大路湿滑，许帅步履迈得如此艰难，横亘在眼前的平坦通衢，似乎幻化成了万丈深渊，随时都可能坠落悬崖，能召唤你依然还斗志犹在的，是那心目中念念不忘的职责吗？是一个共产党员的铮铮誓言吗？

返程的火车因风雪延误了行程，瑞雪兆丰年带给农民的喜庆，却让列车在风雪里踯躅蹒跚。许帅从令人振奋的救助会议里回过神来，冷风一个劲地钻进衣袖，针一般刺着肌肤，可又万般无奈。因拄着双拐，无法裹紧衣领，手也无法缩进衣兜，任凭阴阴的寒风劲吹。全身的疼痛此时向他刀割斧砍，胃部更像一个旋转燃烧的火弹。

许帅早已经罔顾了生死，疼痛更不能让他有半点求饶，他脑海里开始回顾起救助工作里点点滴滴的幸福：快乐求学的小莉、小宫，胖嘟嘟的“小苹果”，山的那一边的小艾，慢慢可以站起来的小七……

都在他的眼前清晰地浮现出来……

这些救助者成为许帅眼前一道明丽的光，一张张快乐单纯的笑脸，坦诚幸福的眼神，散发着无与伦比的温暖，如五彩云霞将许帅护佑在核心，疼痛瞬间消失远遁。许帅从疼痛的罅隙里看到了幸福的模样，他内心充满说不出的舒畅与高兴。

“只要你们都从黑暗走向了光明，我从光明走向了黑暗义无反顾，又有何憾呢?”许帅在心底里喃喃自语。

胃痛不依不饶地烧灼，许帅用矿泉水瓶接满热水，热气沸腾的力量与胃痛展开厮杀，让许帅绷紧的神经有了些许的放松。夜越走越深，列车终于顶风冒雪疲惫地进站，然后缓缓地驶进茫茫雪域，向着并不遥远的安阳进发，风雪裹紧了车厢也迷蒙了许帅的双眼。

许帅回到救助站里已经是凌晨时分，血水与溃烂的脚掌把冰冷的袜子和冻麻的双脚死死地粘连在一起，一点点地脱下来，真如剥皮一样，钻心的疼痛霍霍汹涌。鲜红的血迹浸满酸臭的袜底。浑身的冷汗让许帅头晕眼花，咬紧牙关将两只袜子“剥离”，赶紧将委屈良久的颤抖双脚，放在暖水袋上“捂捂”。

疲惫之极的许帅就躺在办公室沙发上略作休息，一眨眼的工夫，白天就穿越暗夜透进来，上班就要召开的工作布置会，又在催促着许帅立即甩掉疲惫，立即焕发出精神劲头来。

他在救助站里总是把拐杖隐藏起来，清瘦羸弱的他，一接触到工作就宛若变了个人，工作很有分量地将病魔赶跑了，他全神贯注的样子，他坦然微笑的模样，哪里像个被下了“死亡通牒”的绝症病人呢!

这么多‘痴呆傻’救助人员，如何能更好地打开他们的心门，进而结束他们的骨肉分离之痛呢?‘痴呆傻’人员，有些是身体或精神疾病的因素，更多的是心理疾病在作怪，他们难道是天生的傻子吗？如果能够掌握了心理学知识，就有了撬开他们智慧的“金钥匙”！

许帅就要求大家去考心理咨询师或社会工作师，“如果你拿到了金刚钻，你就敢揽瓷器活！你只有掌握了心理学的专业知识，说不定就能打开他们“‘痴呆傻’”的大门，开启智慧之窗，也就能顺藤摸瓜给他们找到家！”

学习，对许帅来说，的确是个不小的挑战，如此被癌痛袭击的病人，脱离了人间美食单靠营养液驱动的身体，还要去学习系统的心理学知识，进而走上考场去考取心理咨询师，又有何意义呢？“我既然要求大家报考心理咨询师，我只要有一口气在，我就要带这个头！”

翻书学习对一般人来说再平常不过，此时的许帅想要让目光聚焦在书本上，然后让知识从书本上跳跃进大脑里，却是一件极其困难的事。但一张张“痴呆傻”救助人员的眼神在期盼着。

一页看完已经如此疲惫，那就半页半页地看；可半页半页地看完，同样是艰巨任务；那就一段一段地看，似乎每一个字都变成了一道山海关；滴水能穿石，铁杵磨成针，蚂蚁只要锲而不舍，就能啃骨头！

2015 年 12 月，喜讯飞到许帅的病床前，三级心理咨询师顺利考试过关！真是字字看来皆是血，分分得来不寻常啊！

4

“小苹果”被送走不久，“小鸭梨”如喜庆飘飞的安琪儿喜滋滋地降临。

“小鸭梨”清脆响亮的哭声，成为 2015 年这个隆冬季节里救助站里最温暖的声音，延续了“小苹果”送走后留下的喜气洋洋。许帅将“小鸭梨”亲切地抱在怀中，看着她粉嫩的脸蛋，细眯的眼睛，长长的睫毛，黑中略黄的头发。“看着孩子，有几分眉眼像‘小苹果’，就叫个‘小鸭梨’多喜庆。”

“小鸭梨”的妈妈刚被接到救助站时，满身的破烂染尽了岁月的尘埃，浑身的污垢散发着尘封的酸臭，傻傻的说不清言语，看来流浪生活完全靠垃圾堆里捡拾了。唯独鼓起的肚腹明白无误昭示，一个搏动的小生命又要降临了。

而如果再错过一段时间，她的宝贝儿会顺利降临这个温暖的世界吗？她此刻懵懵懂懂地带着累累伤痕来到这道温馨幸福的大门，从“温情救助、大爱无疆”标牌旁走过，但她或许感受了笑脸盈盈，而满满的关爱胜过千言万语！

又一幕脱胎换骨似的“大变活人”在救助站里上演。一个蓬头垢面、破衣烂衫的傻女人，在洁亮柔滑的洹河水里洗去累年铅华，黑不溜秋露出了本来面目，翘散成蛋的头发出落成秀发的本色。

许帅小心翼翼地将她领进母婴室。曾经的破衣烂衫被扔进了垃圾堆，焕然一新的服装干净整洁，同样温暖如春的母婴室里，整洁暄软的被褥透着丝丝香气。摆上饭桌的肉炒土豆丝、蒜薹粉皮、大米饭、鸡蛋汤，美味佳肴荤素搭配，来回穿梭的人都来嘘寒问暖。

转眼之间，从一个无人问津的流浪者变成了重点保护的孕妇。嗨，待产的准妈妈，还是刚进门的那个邋里邋遢的傻女人吗？

许帅从救助站回到医院的病床上，爸爸带着叔叔来看他。许宏刚回忆说，叔叔当时看着病床上的许帅瘦骨嶙峋，已脱了相，面无血色，他拉住许帅的手，疼爱地说：“帅帅，身体是自己的，生命对我们只有一次。听叔叔的话，在医院安心养病，工作暂时先放一放，等养好身体，一切都可以从头再来。”

2015 年，许帅和救助站一班人有多忙。全年救助流浪乞讨人员 5871 人次，其中健康人员 3668 人次，危重病人 9 人次，精神病人 982 人次，无行为认知能力人员 1033 次，肢体残疾人员 125 人次，救助流浪乞讨智障人员、精神病人、癫痫病人 188 人，133 人病情得到好转、缓解，103 人被顺利护送回家。

许帅微弱但坚定地说：“我的病情还算稳定，放心吧，原来只有 3 到 6 个月的时间，现在一年多了，还是好好的，这得感谢医生护士。我现在能多活一天我就多坚持一天，只要我活着我就能工作，就能回到救助站去！”

“我要对得起组织的培养与信任，就算爬我也要爬到自己心爱的工作岗位上，回到我热爱的救助工作中去。要能够直视死亡，死亡并不是很可怕的事。我认为，生命的长度是一定的，不如追求生命的宽度。追求生命的宽度，就能拓展生命的长度。”

许宏刚告诉我：“听了许帅这一番话，我的心碎了一地。这孩子就是这样，都到这一步了，从来半点不顾惜自己的身体，脑子里想的都是工作。”

叔叔走后，病房里只剩下父子俩默默相对。许帅拉住爸爸苍老的手，仔细打量着父亲花白的头发和沟壑日深的额头，怜惜与心酸交织在心底里。许帅欲言又止，但还是对父亲鼓足了勇气：

“爸爸，对不起，我有个事隐瞒了你们。我不敢给妈妈说，怕妈妈会伤心难过。我怕这次真的是撑不过去了，我有限的余生里，都留给了这么多的工作，唯独忽略了最需要我做顶梁柱的家!”

“帅帅，你别这么说……”

“爸爸啊，奶奶年迈，多文还小，而你和妈妈已年过花甲也难以安度晚年，都是我这不争气的身体！我这辈子不能好好孝顺报答你们，只有期待来生了，等多文慢慢地长大，他会像我一样地孝顺你!”

“帅帅，爸爸妈妈永远爱你！孩子，在这个世界上，只要能救你一命的东西，爸爸都愿意去求。”

父子俩执手相对泣不成声。

许帅轻轻拭去爸爸脸上纵横的泪水：“爸爸，我给红十字会打过电话了，想捐献遗体，已经登记过了。如果我这次过不去这个坎，你就赶快给红十字会打电话，看看哪些器官能捐。”

“……”

“遗体就供医学研究，我没有战胜病魔，我想用我的遗体，帮助医学研究，让患者和更多的人将来有机会战胜病魔。如果过不去这个坎，就把遗体捐赠出去，我是救助管理站站长，这是我最后一次救助别人了。”

“孩子……你的这个决定，是在剜爸爸妈妈的心呀!”

第 16 章

誓言无声

1

“快看，儿子，那悬崖峭壁上的红旗渠，飘动的‘人工天河’，全长 1500 公里，将林州人民‘重新安排河山’的誓言，写在了巍巍太行山上！”许宏刚指着远山的云雾缥缈处。

许帅童稚的目光在崇山峻岭间搜寻：“啊，爸爸，我看到一条腾云驾雾的巨龙，在山岭里呼风唤雨，它会吃掉山里的狮子、老虎吗?”

大手牵小手，在崎岖蜿蜒的山路上穿行。太行山里红旗渠的神秘，在暑假探寻延续着父子的足音。走过青年洞，飞过络丝潭、蹚过分水苑、跨过英雄渠……

采访中许宏刚自豪地说：“那时的帅帅，多天真可爱，多天真烂漫，就像现在的多文……”

“哎哟，爸爸，看飞架的英雄渠，齐崭崭削平了一座山头！我听到了叮叮当当，铁钎凿石的声响！”

“哦，这样的山头，他们削平了 1250 座！”

“快看，爸爸，红旗渠将山的肚子咬个破洞！”

“呵呵，这样的隧洞，他们凿穿了 211 个！”

“我的天，穿沟而过的渡槽，这么粗的一溜方柱！”

“嗯，这样的渡槽，建成了 151 座！林州（原林县）曾经是个土薄石厚、水源奇缺的贫困山区。‘水缺贵如油，十年九不收，豪门逼租债，穷人日夜愁’是旧林县的真实写照。满眼都是干旱、连年干旱、禾枯、绝收、悬釜待炊、十室九空、人相食等触目惊心的字眼。”

“林州人民‘宁愿苦干，不愿苦熬’，自力更生、艰苦奋斗，‘千军万马战太行，誓让山河换新装！’推着小推车，睡山崖石缝，‘天当铺盖地当床’。‘除险队长任羊成，阎王殿里报了名’；‘铁姑娘队“刘胡兰”，手指砸碎摸钢钎’！”

“没有饭吃，挖野菜捞水草；没有工程机械，车推肩扛运送石料。没有石灰、炸药、水泥，就勒紧裤腰带自己造！立下愚公移山志，一干就是整10年，靠一锤一钎砸开了坚如磐石的太行山！有81位林州英雄儿女壮烈牺牲！引来甘甜的漳河水，建成了‘生命渠’‘幸福渠’，被称为世界第八大奇迹！”

“没想到，我们的身边就有震惊世界的奇迹！”许帅是发自肺腑的震撼。

“是啊，儿子，在我们这片英雄的土地上，在共产党的领导下，人民万众一心，‘自力更生、艰苦创业、团结协作、无私奉献’，什么样的奇迹都能创造出来！你作为红旗渠精神的传人，就要做好党和人民事业的接班人！”

爸爸拍着儿子的小脑瓜，儿子郑重其事而骄傲神气地点点头！他看到了远方招手的妈妈马琳，他扑进了妈妈的怀抱，转眼就到了一个庄严肃穆的所在。许帅一进山门冲过去凌空飞脚，重重地踢在跪在地上的那人头部：“踢死你个卖国贼！”那人依然目光呆滞地默不作声。

妈妈赞赏地看着儿子说：“好样的！”

苍松、翠柏簇拥着“宋岳忠武王庙”，顷刻间，来自古相州的许帅耳畔，响彻起耳熟能详的《满江红》。这是岳王爷慷慨激昂的吟唱，也让少年许帅感动落泪。他买来两只岳云挥舞过的明晃晃银锤，期待着跨马纵横贺兰山缺！

“怒发冲冠，凭栏处、潇潇雨歇。抬望眼、仰天长啸，壮怀激烈。三十功名尘与土，八千里路云和月。莫等闲、白了少年头，空悲切。

靖康耻，犹未雪。臣子恨，何时灭。驾长车踏破，贺兰山缺。壮志饥餐胡虏肉，笑谈渴饮匈奴血。待从头、收拾旧山河，朝天阙。”

横刀立马的岳王爷此刻虔诚袒背跪地，母亲姚太夫人面色庄重地秉笔刻字，醋墨浸润，“精忠报国”光芒四射。

“岳母边刺边问：‘一针一针刺背，会很疼的！’”

“岳飞慷慨陈词：‘儿千军阵中死都不惧，还怕针刺吗？’”

母子俩的问答无数次在岳母祠前回荡。“如果有人胆敢侵犯，我就跟随着岳王爷直捣黄龙府！‘精忠报国’，早从岳王爷背上飞到了我的心里！”

噔噔噔的脚步声拍打着洹水河畔，老师悄悄地拉住许帅说：“莫急，别惊醒了帝都商王们的美梦！”

许帅停下笑道：“我就想要一柄妇好将军的青铜钺，坐在四马并驾的车上，驰骋战场，咔嚓嚓，砍掉敌人头颅如切葱！多好玩！”

老师笑道：“好大一座古都城！甲骨文的文明密码，司母戊大方鼎的惊世骇俗。都昭示着，我们脚下的商都殷墟，3000多年前，是世界上最大最繁华的都邑！”

大手牵小手，无数次地随时光穿越徜徉在这片神秘厚重的古都里。

茅茨土阶、四阿重屋的宫殿，鳞次栉比在清冽冽的洹水两岸。燔烧的枯柴燃起袅袅炊烟，蓝色火舌吻舔着钻了孔的龟甲或兽骨，炸开的纹路走向搅动着贞人的思索，然后被双手捧起恭恭敬敬地呈送给商王。

帝都纵横交错的官道上，嗒嗒的马车风驰电掣，峨冠博带的白衣贵族悠闲端坐。兵士手操短戈在青铜钺的指挥里，精神抖擞地进行操练，一旁的青铜簋里蒸煮着敌军的头颅。

繁华都邑以四合院建筑为主的居民点星罗棋布，手工业作坊沿水渠分布，密集的部族邑聚间，驯养着丹顶鹤、褐马鸡等珍禽宠物；青铜作坊狼烟滚滚、火花飞溅，又一件块范法浇铸的青铜器即将惊艳问世……

老师说："许帅呀，你慢慢走。你的每一步，都踏着中华文明的传奇密码!"

许帅笑道："帝都辉煌的亮色，在我心底里铺着呢!"

2

"一踏上兰考土地，依然心情不平静。在焦裕禄同志纪念馆，尽管看的听的都比较熟悉，但是我还是想多看一看、多听一听，每一件实物、每一个故事都能引起我的心灵共鸣。"

许帅看着车窗外掠过的绿油油的麦田、映天的泡桐，一遍遍读着习近平总书记视察兰考的深情告白，一个光辉的共产党员焦裕禄在他的心里仰之弥高。

飞驰的列车指向黄河"最后一道弯"的兰考，2014 年 3 月下旬，就在习近平总书记视察兰考不久，在党的群众路线教育实践活动的热潮中，许帅怀着敬仰的心情，再次踏上了这块英雄的土地。

2005 年 12 月在安阳市民政局地名办上班的许帅，庄严宣誓加入了中国共产党。"你身体上入了党，你思想上入党了吗？思想上入了党，灵魂上入党了吗？”父亲凌厉的提问让许帅汗颜。

父亲默默地带他来到了焦裕禄的身边。风沙弥漫的兰考又穿透历史走来，焦裕禄在风沙里查风口、探流沙、导乱流，用泡桐给沙丘“扎针”，用胶泥给流沙贴“膏药”。风来了他挺在风口，雨来了他跑进激流。他住进村民的茅草屋，与饲养员彻夜攀谈。在肝癌的肆虐里咬牙前行，与兰考的“三害”做殊死搏斗！

一个伟大的共产党员！一个“鞠躬尽瘁死而后已”的人民公仆！

“焦桐”挺拔，华盖如云，笔直挺拔，喇叭形的紫色花朵迎风摇曳，空气中弥漫着沁人心脾的馨香。1963 年，焦书记当年亲手栽下的“焦桐”，吸引着许帅前来汲取精神力量。

“心里装着群众、唯独没有他自己”的焦裕禄，在群众心中铸就了永恒的丰碑。到最穷的人家吃派饭，了解百姓实情；忍着腹痛工作，把藤椅顶出个大窟窿；批评儿子看白戏，让女儿去又苦又累的酱菜园……几乎每个在焦桐下乘凉的人，都能讲出一段焦裕禄的故事。

“当群众最困难的时候，共产党员要出现在群众面前。”

“我们不是人民的上司，我们都是人民的勤务员，要和群众同甘苦共患难。”

“我要亲自把兰考县一千零九十四平方公里土地的自然情况摸透，掂一掂兰考的‘三害’到底有多大分量！”

焦裕禄的话语如洪钟大吕撞在许帅的心头上，他感到心里一阵阵透亮。共产党员的荣誉牢记心里，人民公仆焦裕禄时刻地催促着他。

“习桐”伟岸，桐林葱郁，风来婆娑。2009 年，习近平总书记满怀深情，亲手种下一棵泡桐。兰考百姓亲切地称呼它为“习桐”。春来“习桐”枝条茁壮，油亮的绿色张扬着蓬勃力量，繁密的花朵铺开了馥郁锦霞。黝黑粗壮的枝干盘曲延展，花香阵阵，挂满紫色风铃，在风中叮当呢喃。

“焦裕禄精神影响了一代人。很多东西存在的时间是短暂的，但就是这短暂的一刻化为了永恒。……我后来无论是上山下乡、上大学和参军入伍，特别是后来当县委书记、市委书记，一直有焦裕禄的影子伴随。见贤思齐，总是把他作为一个榜样，对照自己。”习近平总书记的殷殷叮嘱，让许帅醍醐灌顶般熔铸着坚定信念。

“焦桐”与“习桐”相互守望，就像是鲜红的旗帜，召唤着千千万万共产党人，不忘初心，牢记使命，伏枥躬耕，继续前行。

以后很多时候，许帅都会将习近平总书记的诗词《念奴娇·追思焦裕禄》在心里反复默默吟诵，立即汩汩涌流的力量涤荡尘埃，坚定不移的信念排山倒海。中华民族伟大复兴的征程宏伟开启，如此慷慨激扬；伟大的“中国梦”阔步而来，如此多姿绚丽。许帅一阵阵激情澎湃：

“中夜，读《人民呼唤焦裕禄》一文，是时霁月如银，文思萦系……

魂飞万里，盼归来，此水此山此地。百姓谁不爱好官？把泪焦桐成雨。生也沙丘，死也沙丘，父老生死系。暮雪朝霜，毋改英雄意气！

依然月明如昔，思君夜夜，肝胆长如洗。路漫漫其修远矣，两袖清风来去。为官一任，造福一方，遂了平生意。绿我涓滴，会它千顷澄碧！”

3

这样温馨难忘的一幕，留存在“全国五一劳动奖章”获得者、安阳市人民大道小学校长马丽娜的感动里，她向我讲述了许帅的难忘往事。

熙熙攘攘的食堂里人头攒动，正上小学的许帅与同学在食堂吃饭，大家都欢声笑语，让金色童年的七色阳光在校园里飞扬。小朋友们都在分享着学习的欢乐、有趣的往事，忽然有隐隐啜泣声传来，许帅不由得回过头去。

原来一位同学刚领的白馒头失手滚落，脏兮兮的地面托着委屈的馒头，肚子却咕噜噜地叫唤，催开了忍不住的泪腺。许帅急忙拿起自己的馒头，大方地塞进这位同学的手里，扶他坐下吃饭。然后弯腰将掉地的馒头捡起来，小心地揭掉脏兮兮的一层皮，大口大口津津有味地吃起来。看到同学投来的感激的目光，许帅调皮地做了个鬼脸！

作为许帅班主任的马丽娜，教学上为业界翘楚。“全面发展打基础，个性发展有特长。”深化了主体性教育实验研究，营造了和谐的育人氛围，她对许帅是偏爱有加、格外垂青的。“许帅勤奋好学、阳光上进，心地善良、积极努力。是我们学校成功育人的典范！”马丽娜夸赞道。

“许帅，放学了你怎么不回家？这水泥凳多凉啊，孩子？”马丽娜问。

正在凉亭里写作业的许帅，抬头看到笑容可掬的马老师，他手中的笔却没有停下，依然在唰唰唰地写道：“我等妈妈来接我，这空隙儿，正好做作业。您不教我们：‘少年易老学难成，一寸光阴不可轻。未觉池塘春草梦，阶前梧叶已秋声。’”

当许帅带着儿子多文再次来到人民大道小学报到时，已经成为救助站长的许帅，恭恭敬敬地前去拜会“全国十佳校长”的马丽娜。无限的少年时光随着时间流逝，老师成为桃李满天下的名校掌门，而许帅成为民生救助战线的领头雁，时光给辛勤付出结出丰硕成果。

马丽娜看着多文，她突然惊奇地说：“小许帅来了！像！真像！看看这长相脸盘，这眉眼通鼻，和我当年的学生许帅，几无二致！多文，这名字典出何处？”

许帅点点头说：“《礼记》儒行有言：‘儒有不宝金玉，而忠信以为宝；不祈土地，立义以为土地；不祈多积，多文以为富。’”

“翻译成白话就是：‘在儒者的心目中，金玉并不值得宝贵，忠信才值得宝贵。他们不祈求土地，树立起道义就是他们的土地；他们不祈求多有积蓄，多掌握知识就是他们的财富。’”

马丽娜拉住多文的手说：“名儿起得真亮！孩子，看你爸爸多优秀，你要沿着爸爸光辉的足迹，在绚丽多彩的校园里写下属于自己的辉煌！”

阳光迷离在川流不息的人流、车流里，斑斑光柱影影绰绰，背着书包的多文却看不到爷爷的身影。爷爷呢？也在同样地寻找孙子，熙熙攘攘的嘈杂声混杂在一起。爷爷蓦然回首间，就在阳光阑珊处，孙子正牵着他的衣襟。

许宏刚此时不由得惊愕道：“是……你吗？”

这是少年的儿子穿越时光走来，恬淡的笑容，英气的身姿，炯炯的大眼，同样的地点、学校，同样的哗哗人流，天地早已物是人非。

“老子、儿子、孙子，真像一个模子刻的!”

常常，马琳看到爷仨相聚一起的幸福时光，一声浩叹。岁月镂刻出的年龄迥异，你会惊喜发现年轻儿子变老的模样，白发爷爷顽童的快乐，少年孙子帅气爆棚的雄姿。过去或未来的岁月交替延续，嵌入生命不息的长河里。

4

没有人知道，对许帅来说，明天和死亡会哪一个先到。

癌魔疯狂地向许帅发动着凌厉冲锋，这是一场注定打不赢的战争。生命的长河随时都会断流，许帅突然感到一阵阵内疚：年过花甲的双亲，你关心过吗？年届九旬的奶奶，你孝顺过吗？不到 8 岁的儿子，你陪伴过吗？这么多年，你的时间都去哪儿啦？几乎都无一例外地扑在救助工作上。

大手牵小手，许帅急匆匆地带着儿子多文，去寻觅一段心路历程。胸前飘着红领巾的多文，因为爸爸的陪伴惊喜地如欢快的硕鹿。

刚进“宋岳忠武王庙”，多文就洒脱地松开爸爸的大手，凌空飞起一脚，准确地踢在那人的头部，气势凌人地说：“卖国贼！我踢烂你的臭屁股!”

许帅不由得低声叹赏：“好个英雄小子!”

岳王爷的故事从“岳母刺字”开始，悲壮的《满江红》早背得滚瓜烂熟，闪闪的银锤也被举在手里挥舞，“精忠报国”的故事有了

“直捣黄龙府”的悲壮，儿子却默不作声，他在想什么呢？

“爸爸，我也要当岳王爷，你也给我刺个‘精忠报国’吧！我不怕疼，一点也不怕。”

许帅欣慰地抱紧儿子说：“要把精忠报国刻在心里，我们赶上了盛世中国的新时代。要永远热爱我们的祖国、我们的党，绚丽‘中国梦’正在走来！”

“红旗渠的水是从天上来的吗？怎么都飘在山腰里？”

许帅赞叹说：“这是震惊世界的奇迹，10 万人，10 年，奋战巍巍太行山，壮烈牺牲 81 人，开凿出 1500 公里水渠，削平了 1250 座山头，架设 151 座渡槽，开凿 211 个隧洞，修建各种建筑物 12408 座，挖砌土石达 2225 万立方米，这是那个手拉肩扛年代里，一项多么宏伟的旷世工程！”

“看这里到处绿油油的，到处水流淙淙，土地再也不喊渴了。”多文顺着水渠一溜飞奔。

“翻开岁月染黄的老县志，满眼都是连年干旱、禾枯绝收，草根树皮都成了救命的口粮。车辚辚，马萧萧，‘千军万马战太行’的修渠大军在党和政府的领导下，以‘欲与天公试比高，重新安排林县山河’的勇气，将人类奇迹刻在了太行山上！”

多文欢快的脚步敲打着商王的美梦，贞人的巫语却刺痛着许帅的身体。威武的商朝军阵挥动短戈，六驾马车奔跑在殷都官道通衢；峨冠博带的商人身穿白衣绣袍缓缓穿行；惊天动地的鼙鼓激荡着洹水波澜。一片片刻着神秘莫测的文字的甲骨扑面而来，精美威严的司母戊大方鼎闪烁着商人的智慧。

“爸爸，商王在拉我的脚，快给我一柄妇好的青铜钺！”

许帅却有些伤感地说："3000 年时光消失风烟里，洹水汤汤，殷都煌煌。如今无限繁华的都邑，其乐融融的生活，多么让人留恋……"

泡桐的花香馥郁阵阵袭来，多文牵着爸爸的手，看泡桐花紫色的花朵连缀成霞，在泡桐林里畅快呼吸。曾经健步如飞的爸爸，如今攥着癌魔缓慢坚定地行走，孩子看出他的眼神是那么纯净，他的精神是那么高洁。

"多文，看这边是习近平爷爷栽的'习桐'，郁郁葱葱，遮天蔽日；看那边是焦裕禄爷爷栽的'焦桐'，华盖如云、喷绿滴翠；看昔日风沙遍地的兰考，如今变成了黄河边上的'硕美粮仓'。"

"在我们这个伟大的国度里，在人民领袖习近平的带领下，无数像焦裕禄一样的人民公仆，带领人民战天斗地，骄人的奇迹每天都在发生着……"

清风习习，多文诵读了一遍习近平《念奴娇·追思焦裕禄》，许帅不觉间潸然泪下，"百姓谁不爱好官！"真让人醍醐灌顶！一个真正的共产党人，就要在百姓需要的时刻挺身而出，就算战斗到最后一口气，也要倒在冲锋的道路上！

回到家时，多文神秘地从怀里掏出了"宝贝"——一根湿润的泡桐根，他认真地说："爸爸，我想让这块带着兰考体温的英雄根系，在我们这里生根发芽、枝繁叶茂、繁花似锦，你说，好吗?"

第 17 章

举着骨头当火把

1

“哎呀呀，可怜的孩子，我隔着锋薄的脊骨，摸着你的胃了！”老汉手掌在许帅脊背娴熟敲打着叹息！

2016 年早春，安阳肿瘤医院来了一位鹤发童颜、精神矍铄的古稀老人，他骑着一辆吱吱作响的破自行车，一路打听着来到了许帅的病房外，正在第三轮化疗的许帅睁开刺痛的眼睛，就听到了一声轻轻的温馨呼唤。

“许帅呀，张老汉可找到你了！”突然，病床上的许帅听到了熟悉亲切的乡音。

张老汉本名张昭汉，是本市退休教师，慈眉善目，身体硬朗，精通中医推拿按摩。他看到报纸上的许帅带病坚持照顾流浪乞讨者的报道，彻夜无眠，辗转反侧，“英雄呕心沥血地照顾弱势群体，如今癌症晚期依然‘不下火线’，谁来照顾英雄呢？”

张老师一大早穿越大半个市区，去拜会心目中“一善染心”的英雄，看到憔悴疲惫的许帅，血肉在病魔的吞噬里干干瘪瘪，五脏六腑都被疯狂地钳制，可刚强的骨架支撑着孱弱的身躯，灿射着犀利的眼神和淡然的笑容，活跃的脑海依然塞满着工作事项。张老师心里的酸泪化成脸上的丰慰笑容：

“好孩子，你是好样的！好党员，好站长，大善人，是老朽我学习的榜样！我自学了一套原始点按摩法，激活人体自生细胞，唤醒原生动力；既可抗击病魔，又可强身健体。这套按摩法最早可追溯到殷商，我从《黄帝内经》里悟的，最灵了！”

张老师灵活的双手在许帅皮包骨的脊背上跳动，似乎能摸到五脏六腑。手指围绕胃俞穴为中心跳荡，十个灵巧手指携带刚柔相济的力度，在筋缩、肝腧、魂门、中枢、胆腧、阳纲间错综舞动，在脊中、脾俞、意舍、悬枢、胃仓、痞根间轻拢慢撵，只凸显骨头的脊背上立即有丝丝的暖流滑过，有柔柔的清气掠过。好惬意啊！

“背部皮下隐藏着大量‘沉睡的’免疫细胞，用按摩敲打激活它，华佗夹脊穴以及大椎、膏肓……成为具有吞噬异物能力的网状细胞，能积极消灭有害病菌，提高人体的免疫能力。放心吧，坚强的孩子，以后老汉我天天来。我确信，那么多救助者在等着你！你的病会好起来！”

美好的愿望常常事与愿违，癌魔携着扩散的疯狂，在许帅的体内攻城拔寨，已病入膏肓。可许帅，还是仰起了倔强的头颅，向胃癌投去了极端蔑视的眼光，微弱的气血被病魔夺去魂魄，坚硬的骨架擎起希望的火把。他果断干脆地拔掉针头，雷打不动地又来到救助站里。

“我真希望天下不再有受助人员，能够让所有人回归家庭，只有这样救助站才能完成它应该有的使命。”救助信念熔铸在许帅脑海里。

时间艰难地翻过 2016 年，许帅啊许帅，拐杖摇摇晃晃地支撑残躯，拐杖善解人意地在手掌溃烂处“舔血”，而袜子也不甘其后，吸收着脚掌伤口里渗出的“血滴”。

许帅的脚步有些踉跄却异常坚定，身体乏力却眼睛炯炯有神。导流袋、纸尿裤小心翼翼地护卫着，灰鸭舌帽里是干净利索的“光头”，疼痛如火炭般烧出了身体焦煳的味道，随时都能将你吞噬，烈焰把你锻造成合金钢的勇士了吗?!

周一、周五的例会，你竟然又谈笑风生了。啊，许站长啊许站长，胃部疼痛中你悄悄地抵住桌角，眼冒金星里虚汗阵阵，洋溢在你脱了形的脸上的笑容，却丝毫没有减少；布置工作还是井井有条，安排事情有张有弛。他依然还是那个“拼命许郎”！

2016 年 3 月中旬，许帅刚散会，接到一位约莫四五十岁的男性流浪者，走路有些摇摇晃晃。许帅笑意盈盈地立即上前搀扶住他，不想却一阵阵头晕目眩，顷刻间就要栽倒在水泥地上。那流浪者似乎意识到了，立即回转，发现了许帅的痛楚，赶紧翻过来搀扶着许帅。同事们都聚拢过来说：“许站长，快坐下休息休息！”

许帅惨淡地笑笑，将汩汩涌流的疼痛瞬间吞回肚里，攒尽了全身的力气，小心翼翼地将流浪者领进体检室，洗漱、换衣服、吃饭后，许帅说：“让他……好好睡一觉吧，我看他……疲惫得心竭力衰的样子，怪心酸！”

救助科长傅有安告诉我说：“他一米八的个子，最多还有七八十斤，整个人都脱了形。看到许站长都晃悠到鬼门关口了，还身体力行地照顾流浪者，我的眼泪流得稀里哗啦。”

一场透心觉睡醒后，喷香的饭菜慢慢落肚，流浪者眼前多了一张如沐春风的笑脸。丰富的心理学知识让许帅如虎添翼，有的放矢地唠嗑让精神恍惚的流浪者轻轻松松地“竹筒倒豆子”。许帅心理学知识如“四两拨千斤”一般“立竿见影”，顺顺当当地打通了流浪者回家的旅途。学习什么时候开始都不晚，真的呵！

一架国际航班从韩国首尔起飞，焦急地钻入稀薄的云层一路向西。在韩国打工的乘客金日华，急匆匆一路小跑着辗转来到安阳，欣喜地接他失散多年的哥哥回家。见到许帅他深深地鞠躬道谢：“太谢谢了，我们全家都会记得安阳人民的大恩大德!”

此时连说话都非常费劲的许帅欣慰微弱地说：“真替……你们由衷高兴！这是我们应该做的，应该感谢……党和政府，感恩……我们伟大的祖国。”

2

我的诸多的家人们，你们过得好吗？就让我多看你们一眼，就让我再看你们一眼……

能看到被救助者盛开的笑颜，是掐着病魔奔跑的“光头老衲”许帅最快慰的事情。

欢快的音乐节奏催动着被救助者轻松的脚步，笑颜悄悄地绽放在他们的脸上，阳光随着习习清风阵阵拂来，送来行走蹒跚、步履迟缓的许帅。许帅一如往常地来到他们中间，宛如一缕最明媚的阳光，分散的人潮欢腾着围拢过来，那高兴劲儿如同依偎着最亲的人。

“……许站长好!”

“许站长……嗯嗯……许站长……”

许帅仔细看着每个人的神态，是那样的熟悉，那样的亲切！病魔却时时刻刻地捣乱，钻心的疼痛让喘气都变得极其困难，啊，很多时候，许帅就清晰真切地看到了死神的模样，听到了死神狰狞疯狂的恶笑。然而，许帅却更加坚定艰难地走进了被救助者中间。

这么多熟悉的被救助者，每个人的喜怒哀乐都在许帅心里住着。每个人的身体状况、康复情况他都“胸有成竹”。许帅对这个轻拍鼓励，与那个相互问好，也让许帅得到了翔实的“第一手流动健康档案”。

身体的疾病和残缺让他们成为容易遭人白眼的“另类人”，但在许帅眼里，所有人都是自己的“家人”，“进了救助站的门，都是自家人。”一定要让“每个被救助者都有尊严地活着!”不然树立在我们救助站中心的“温情救助、大爱无疆”，岂不成了一句空话?

但他们压根不知道的是，这个看似强壮的救助站“当家人”，正在死神的魔爪里迸发着救助的热情、人性的光辉。也许此时被救助者的笑容，给了许帅最大的支撑的力量。

小莉笑盈盈地走来，撒娇般牵住许帅的手。孩子出落得如婷婷芙蓉、姣姣清荷，秀发如瀑，笑靥如花，你的发型青春靓丽，一看就是精心设计的“发艺”，技校的时光让曾经局促的小女孩手艺纯熟，总算给你的人生装上了“风火轮”。“风火轮”碾碎了流浪岁月，飞奔上人生的快车道，真为你高兴!

小宫跑过来扑进许叔叔的温暖怀抱。小子啊，你长高粗壮了，像个小男子汉了，你终于打磨圆了自己的“刺头”，显露出善良孩子全部的本质，能清清楚楚地写出你的名字了。孩子，回家吧，别哭！你虽然面临着“支离破碎”的家庭。“孩子，以后你无论走到哪里，许叔叔永远是你的亲人，安阳救助站永远是你的家!”

躺着进站、奄奄一息的小七，在许帅的精准施救、康复治疗下，身体一天天地恢复起来，在脑瘫、痴呆等病患重压下，慢慢地站起来挪步，许帅常常搀扶着他，挪一小步挪一小步，也挪出了许帅的心花怒发。“有了一小步就不愁一大步，有了站起来就不愁跑起来。”

可如今许帅再也难以搀扶他了，曾经的小七弱不禁风，如今不间断的理疗让他逐渐康复，一拱一拱地偏斜在欢快音乐里，脸上的快乐洋溢着纯真无邪。许帅却弱不胜衣，如同灯油燃尽，渐渐地失去了光辉。许帅却没有遗憾，能有这么多被救助者欢聚一堂，其乐融融在鸟语花香的救助站里，他舒畅的欣慰里装满幸福快乐。

他又来到了小黄新的跟前，孩子从幼儿园咯咯咯地笑着跑出来，说话清晰响亮，跑起来虎虎生风，书包里的玩具十分可爱，身上的衣服新潮漂亮。许帅真的想抱一抱可爱的孩子，可是脆弱疼痛的身体却毫不配合，他高兴地将救助款送上，欣慰地摸摸孩子稚嫩的脸蛋。

“小鸭梨”妈妈的病情渐渐稳定了，可忧伤依然密布在她的神情里。孩子一天天长大了，她的忧郁却时而化成激烈的暴躁，从小猫瞬间变成河东狮吼。好在平静占据了绝对的时光，也让许帅倍感牵肠挂肚。

“小鸭梨”的哭声清晰地传来。许帅想伸出手抱抱，可是双手却不再听从他的使唤，病魔立即翻脸哪能如愿以偿。孩子粉嘟嘟的小脸正贪婪地吸吮着奶嘴，一口跟不上就可劲儿哭啊，真是个小淘气！

“小鸭梨……笑一个……我看看……”吃饱喝足的“小鸭梨”，黑豆似的眼睛看着她的“救命恩人”。可许帅却连说一句完整的话语都虚弱伤痛。

“小鸭梨”想伸手去抓许帅的灰鸭舌帽，许帅困难地拿起摇铃，指节缝里犹如万针齐刺，可他还是费力地摇出了清脆的天籁之音，放到了“小鸭梨”的小手里。“小鸭梨”也让摇铃唱起了歌谣，“锵锵锵……”迅疾小脸笑成一朵花，笑声咯咯绕梁。

3

许帅从短暂昏迷中醒来，发出了喃喃的呓语："蓝精灵……蓝精灵……"

医护人员及许帅家人都流下了热泪。呼吸机输送着新鲜的氧气，生命的体征微弱地跳到重症监护器，不停地揪着大家悲伤难过的心。扩散的病毒侵入五脏六腑，再好的药物也回天乏力了。

"蓝精灵"在哪儿？"六一"儿童节就要到了，许帅筹划已久，与安阳师院联合成立未成年保护救助志愿者协会，对未成年流浪者或生活无着少年儿童，进行心理疏导干预、及时矫治。

王俊生叹息着对我说："挚爱工作的坚毅信念，扼着病魔奔跑的勇气，竟然让许帅顽强支撑了一年多，病魔也不得不为他的执着让路，真是创造了生命的奇迹！"

双拐再也架不起的病体，只有借助轮椅的旋转又回到了救助站。如何为流浪儿童撑起一方明媚的晴空，轮椅上的许帅一直都如春树暮云。作为民政部未成年人保护试点，许帅苦苦筹划探索，于是集合全社会爱心人士组建"蓝精灵"志愿者服务队，在他的脑海里渐渐清晰起来，并立即付诸行动。

许帅就是要争分夺秒与死神赛跑。他与安阳师院师生切磋，征集有专业素养的爱心青年加入；他带头报名率先垂范，站里人员也纷纷响应，"聚沙成塔、集腋成裘"。"六一"儿童节前夕，一个有专业知识、爱心满满的"蓝精灵"流浪儿童保护志愿者协会在救助站惊艳亮相！

在针尖上艰难跋涉的许帅感动了无数人，安阳电视台将镜头对准了这位“视死如归”的救助站长。许帅此时身体是如此地虚弱，可当他听到这是全市“两学一做”活动的宣传工作，立刻拖着极度虚弱的病体参加了节目录制。

傅有安告诉我，在领誓入党誓词前，进入工作状态的许帅出奇地精神焕发，他拉过主持人悄悄地问：“你好，我有个小小请求，能不能在入党誓词后加上我最想说的一句肺腑之言？”

征得同意后，佩戴闪闪锃亮党徽的许帅，气宇轩昂地上了主席台，此一刻癌魔突然间屏住呼吸，疼痛倏忽间被扫除殆尽，许帅声音洪亮地领誓入党誓词：

我志愿加入中国共产党，拥护党的纲领，遵守党的章程，履行党员义务，执行党的决定，严守党的纪律，保守党的秘密，对党忠诚，积极工作，为共产主义奋斗终身，随时准备为党和人民牺牲一切，永不叛党。

他的铮铮誓言响彻会场，铿锵有声，最后他拼尽全身力气慷慨誓言：

“我为我是一名中国共产党党员而骄傲和自豪！”

台下响起了翻滚暴动的掌声，所有人起立鼓掌，向党的赤子致敬！

2016 年 5 月初，民政部、省民政厅、安阳市相关领导前来看望慰问许帅，带来了春风十里的温馨关爱。仍在坚持上班的许帅病体羸弱，他感谢领导的关怀备至，并谈了自己对生命的理解：

“要对得起组织的培养与信任，就算爬我也要爬到自己心爱的工作岗位上，回到我热爱的救助工作中去。宁可坚持地走下去，也不愿意在病床上等待死去。虽然我每天都拄着拐杖工作，但我感觉很快乐。”

“要能够直视死亡，死亡并不是很可怕的事。如果死亡是一定的话，我不畏惧死亡，在我有限的生命里去做无限的事情。

“我认为，生命的长度是一定的，不如追求生命的宽度。重视生命的宽度，就能拓展生命的长度。”

振聋发聩的心声得到了领导的赞许和钦佩。许帅呀许帅，病魔在你的体内用尽了残酷手段，你却死死地将病魔踏在脚掌下。你用摇晃的拐杖呐喊，你用微弱的烛光闪烁，用最硬的骨头，撑起熊熊燃烧的火把！照亮这人世间每一个晦暗的角落，照彻出一条流浪乞讨人员回家的路。

媒体报道让无数的好心人蜂拥到病房外，他们纷纷主动捐钱捐物，都被许帅坚辞拒绝。

大家群情振奋地说：“你一直都在全心全意地救助他人，‘春蚕到死丝方尽，蜡炬成灰泪始干’，就让我们也救助你一次吧！这是我们的肺腑之言！不让英雄流血又流泪！”

他惨笑着对好心人说：“我……真的不需要。去捐给……更需要的人吧！”

7 月 19 日，安阳遭遇自有气象记录以来最强降雨。哗哗的大雨如注再次震醒了昏迷的许帅，他立即委托父亲向特大洪灾捐款 1000 元。受捐负责人看着许宏刚送来的厚重心意，哽咽着说：

“许帅走到了弥留之际，还在想着我们受灾的人民。这份救助站长的初心，这份沉甸甸的心意，我代表受灾人民心领了。这份救命钱你们还是留到最需要的地方吧！你放心，有全市人民团结奋战，会取得抗灾的全面胜利！”

4

2016年6月13日，是许帅最后离开救助站的日子。这一天，许帅独自闭锁在办公室里，干涸的眼窝里泪珠儿滚烫。“灵台无计逃死神，风雨如磐病躯残。帆断仍欲破后浪，我以我血荐轩辕。”

走过带病救助“马拉松长跑”的许帅，从此躺在病床上再也没有起来。

形销骨立的他依依不舍地，脚步轻轻地都踩在悲伤的心上，走过“医疗安置区”规范整洁的房间，掠过一层祥和安闲的笑脸，暖热的人流将他层层包围起来，围出了一道“温馨的人墙”。

桃树含情脉脉，紫薇招摇挥手，摇曳在“温情救助、大爱无疆”的迎门石里。风儿呜咽着拍打银杏树金黄的落叶，打在他孱弱的双肩，也飘在许帅的泪眼婆娑里。

“当年初栽时，是弱条一枝；如今郁郁葱翠，煌煌硕木了！”时光倏忽间闪过许帅满腹的惆怅。

此时虽然许帅满脑子救助站的事项，可昏迷时常钝砍八花九裂的形骸，呼吸机也成为不可或缺的“助手”，轮椅支撑着他不过80斤的残躯，走过了伤心的泪痕。有时候清醒一阵，救助站总会闪现在他的梦寐里或低吟中。

“医疗安置区上方，应该安装个阳光棚。这样无论刮风下雨，家人们也都能出来活动了……”

“‘蓝精灵’志愿者，要多浇灌祖国的花朵，我们的‘中国梦’一定会展翅飞翔。”

“救助站墙外的违建，应商请有关部门及时制止，让救助站有一个安稳平静的工作环境……”

……

轮椅艰难地缓缓滑动，载着许帅来到生龙活虎的篮球场。大鲨鱼奥尼尔的身影飘忽闪过，篮球在人群头顶飞过“哐当”命中篮筐，人群的尖叫声、掌声激情碰撞，许帅的心也瞬间跳荡在了晃动的篮筐上。篮球打着旋儿落在了许帅的面前，瞪着好奇的眼睛看着轮椅上的熟客。

许帅伸手摸摸篮球的纹理，篮球饱含地心引力的厚重，慢慢悠悠地颤抖着，伤心地望着许帅干枯无力的双手，那分明是颤抖在风中的两双枯枝。许帅再咬咬牙拼力握球，双手被病魔的枷锁套紧纹丝不动，唉，球是如此沉重！篮球悲戚地滚落到球场的一角，不忍闻这位昔日球场上的健将的一声叹息！

紫薇花开出了娇艳繁密的盛夏，蜂蝶嗡嗡翩翩翻飞其间。一只白色的蛱蝶就落在了许帅的肩头上，紫色花瓣随即飘落一地残红。鱼缸里郁闷的绿菊花，少了鱼儿的嬉戏，孤独地顶出了水面，水中绿植们再也没有了鲜亮的颜色，狂花野枝摇动一池污浊的浑水。

一只黑色龙睛在水里忽隐忽现，在空荡荡的鱼缸里阴郁地一动不动，如同鱼缸哭泣的眼睛。活蹦乱跳的鱼群呢？怎么都销声匿迹了？

陶醉的熟悉旋律悠扬响起，那就豪情勃发一展歌喉，歌词就堆积堵塞在干涩疼痛的喉咙里，被病魔如泥浆般钳裹着发不出半点美声。曾经让人痴迷的“男中音”张嘴哑然，立体声音响的歌曲震荡着耳膜嗡嗡作响，《永远不回头》：

“……再大的风雨我和你也要向前冲，永远不回头。不管天有多高，忧伤和寂寞感动和快乐，都在我心中，永远不回头。不管路有多长，黑暗试探我，烈火燃烧我，都要去接受，永远不回头……”

序曲又开始跳荡在心房里，这是《心火》吗？

“……因为我曾和恶魔斗过几回合，就算它极端恐吓不握手言和，因为曾去日无多，才懂我想成为我。捧着心，面对火，害怕却不退缩，所有置我于死地的也激发我胆魄，狠下心，蹚过火，重生在缝补过的躯壳……”

你滚热的泪又转动在已经干涸的眼窝里，青春的激情就在脑海里跳荡唱响，时光在许帅眼前无限轮回，“当得起每个失而复得，凭着我够执着，我是短暂的花朵，也是最长久的琥珀，总有美好要借我寄托，深爱的都难以割舍……”

第 18 章

生命的绝响

1

一颗濯濯其华的璀璨流星，划过 2016 年 9 月 1 日的 1 时 16 分，带走了一位大爱无疆、不负韶华的生命。

轻轻地，许帅走了。随着呼吸机的屏幕微弱跳动的曲线，悄悄摧人心碎地拉直，许帅安详地闭上闪亮的明眸，思绪里带着金光闪烁的“孺子牛”，无限眷恋地离开这个温馨满满的世界。

太行悲戚透遍痛，金风呜咽洹河泣，古都安阳陷入伤心惋惜的哀痛之中。

翌日，新郑市 17 岁的翩翩少年朱某，穿越了累日的黑障，许帅相赠的明亮角膜，让他穿透黑暗到光明的距离，看到了眼前多姿多彩的世界。人生的再一次重生里，他惊喜万分而又深情庄重地呼唤着逝去的恩人。“您是我永远的亲人，我会借你睿智的慧眼，走好风雨兼程的人生路!”

几乎同时，许帅爱意融融的眼角膜，掬来了驻马店 39 岁的张某的焕彩，让黑暗中的焦灼变成光明里的幸福。幸福来得如此豁然开朗，让张某瞬间明白了大爱的冲击力，她默默地祝福远方的恩人，一路走好！“在我有生的日子里，你送给我的无限光明，都会激励我奋勇前行!”

9 月 4 日上午，繁花锦簇藏悲怆，翠柏青青皆凝泪。在安阳市殡仪馆，举行了许帅遗体捐献送别仪式。来自民政部、河南省民政厅，安阳市委、市政府以及各条战线的干部职工、素不相识的群众、市民纷纷赶来，送“永远的救助站长”许帅最后一程。

许帅一身湖蓝色的他最钟爱的“安阳救助”工作服，背后的“大爱无疆”的跃动底色；一幅鲜红的党旗裹紧了铁血赤子，“那是从旭日上采下的虹，照彻你生命里的亮丽炫彩！”

“许身民政全心全意为救助，帅先垂范为民甘做孺子牛！”

黑幛庄严，映照民众两行泪，泪飞顿作倾盆雨！白花肃穆，碾碎多少伤痛心，肝肠寸断寄暮云。悲伤逆流成河，所有的啜泣怎忍泪花飞溅！

“许帅一路走好……”

“人民的好儿子，党的忠诚赤子，民政战线的‘孺子牛’，大爱无疆的好站长，让我们再送你一程……”

“许帅，我们永远想念你！……”

……

哀乐声里，许帅奔赴郑州大学附属医院，踏上了“无语良师”的征程，那里无数杏林弟子，都会陪许帅一起，聚焦肆虐癌魔的“病灶”，跟许帅一起在医学科研领域全力奔跑，尽早将歇斯底里的癌魔降服！

许帅的身影渐渐地模糊，背后传来撕心裂肺的恸哭。许宏刚回忆起当时让人心碎的场景，不觉间热泪滚落。我早潸然泪下。

许宏刚告诉我，他当时紧紧地搂住老伴劝慰：“别哭了，儿子‘此去泉台施救助，我以我躯战病魔’，何其壮哉！”

马琳哭道：“儿子啊，为人子不孝，忍弃高堂白发，教白发人送黑发人，情何以堪?”

许宏刚说：“他做党员尽忠，彰显大爱无疆，洒赤子爱铸孺子牛，义薄云天！儿子整装待发，奋勇前行，我们应当为他击鼓壮行！”

此时夫妻俩的悲伤脑海里，又回响起儿子坦诚急切的谆谆嘱托：“如果我……这次……过不去……这个……坎，你……就……赶快……给……红十字会……打……电话，看看……哪些……器官……能……捐，这……也算我……这个……救助……站……站长……救助……别人……最后……一站……吧。”

就在“七一”建党节前夕，许帅时而昏迷，时而清醒。就在清醒的“短暂窗口”，许帅附在父亲耳边，坚定而微弱地反复请求：“一定……一定……帮助我……实现这最后……的心愿！”

可当红十字会的人匆匆赶来时，许帅又陷入了昏迷。病床上的许帅，借助呼吸机微弱的呼吸躺成一尊静止的雕塑。

一张歪歪斜斜的“生命誓言”又闪现在模糊的眼帘，弥留之际的许帅，一息尚存的微弱意识里，已经不能用言语表达，记者就用字条递给许帅：

“捐献眼角膜和所有器官吗？”

“是，不仅仅如此。许帅。”

啊，许帅啊许帅，“不仅仅如此”，你还有哪些未竟的心愿、未了的深情、绵绵的牵挂呢？你还有多少无尽的遗憾、隐藏的落寞、倔强的不甘呢？你又有多少心酸的痛楚、病痛的无奈、死神面前的无助呢？

你的心愿里没有年迈的祖母、年幼的儿子、沧桑的双亲，没有个人的荣耀、利益的诉求、自己的请求，你救助事业的长跑就到终点的时候，你再也没有生龙活虎的力气，你再也没有了夜以继日的精神头了，你再难绽放如沐春风的笑容了，可你坚定的信念依然印证着铮铮誓言！

你扑到了救助事业上，短短三年里救助15000多人，上为党和政府分忧，下为特殊群体解难，做了多大功德！为了那样一群流浪乞讨者有尊严地活着，你耗尽了青春年华，消磨了精神焕发，你把自己奉献个干干净净！你用自己的铮铮誓言和无私奉献，把救助事业推向了大爱无疆！

孩子是父母的心头肉，此时父母都哽咽着哭碎了心，可是党员职责如此艰难苦涩地战胜舐犊深情，父母颤抖的笔迹落在捐献登记表上，让昏迷中的儿子实现神圣的心愿。

“孩子啊孩子，你真的随风去了，父母的心也从此被你偷走了。料得年年肠断处，爱长存，念永久……”

2

誓言在救助中铮铮永恒，人生在奉献中无怨无悔。

“七一”建党节前夕，手捧着河南省“优秀共产党员”的证书，崇高的使命感油然而生。看着“省五一劳动奖章”，岗位的责任感催人奋进。病床上靠呼吸机、营养液维持生命的许帅，一时间唏嘘落泪：

“我没能……完成……党组织交给……我的光荣……任务，内心……有愧啊！为何老天爷……不能再多给我……一点时间？我心有……不甘、情有……不舍啊！”

许宏刚哽咽道：“儿子，你做了一个党员、一个站长应该做的事情，你是一个好党员、好站长，更是我的好儿子！作为一个老党员，你是我学习的榜样，我为你感到骄傲！”

“共产党员”，你心中最神圣光辉的荣耀，最坚贞不屈的信念。猎猎党旗是无数烈士的鲜血浸染，灼灼光辉是前仆后继的牺牲造就。那鲜红的党徽捧在你的心头，癌魔能摧残你的躯体，却压不垮你钢铁般的意志！

“共产党员”，熔铸在你戴红领巾的岁月，在姥爷的驳壳枪上闪耀，在奶奶的粗粝双手间晃动，在父母辛勤劳作、甘于奉献的岁月里穿梭。犹记得太行山上的“人工天河”，黄河岸边俊秀挺拔的“习桐”“焦桐”，无不闪烁着共产党员的风采！

7 月 11 日，戴着呼吸机、瘦骨嶙峋的许帅，病榻前获颁民政部“孺子牛”奖，这是民政系统的最高荣誉！

一尊金光灿灿的“孺子牛”奖杯，昂扬着不屈倔强的犄角，伟岸的身躯蓄势待发，勃发的力量披荆斩棘，砥砺奋进勇往直前。

鲁迅先生说：“俯首甘为孺子牛。”牛吃的是草，挤出来的是奶和血！

略微清醒的许帅无限深情望着这民政系统至高无上的荣誉，努力上扬嘴角微笑着，不屈不挠里又有些倔强，沧桑激情里又有些无奈，癌魔碾压得越来越疯狂，每一个些微的动作，此时变得都晦涩艰难。

“等我……身体恢……复一点，我会发扬……‘孺子牛’精神，……履职……尽责，为这头‘牛’……增辉添彩。”许帅坚定豪迈而断断续续地挤出几句话。

好个“孺子牛”！你树立“民政为民、民政爱民”工作理念，弘扬艰苦奋斗、求真务实、开拓进取、无私奉献的“孺子牛”精神。为了实现中华民族伟大复兴的“中国梦”而奋斗在最前线，夙兴夜寐、靡有朝矣。“我没有别的东西奉献，唯有辛劳、泪水和血汗。”

好个“孺子牛”！你甘为党的“孺子牛”、甘为人民的“孺子牛”、甘为社会主义事业的“孺子牛”。始终不忘初心，死而后已，要甘愿为百姓做“牛”“马”，解决“人民之所想、人民之所急、人民之所需”的贴心事，时时刻刻为百姓的利益而任劳任怨、辛勤耕耘。

为民躬耕的“孺子牛”，你鞠躬尽瘁，不用扬鞭自奋蹄！许帅啊许帅，你在民政救助的岗位上奔跑，“生前多奉献，身后再捐献，爱心留人间”。你在“温情救助、大爱无疆”的誓言里拼搏，不图回报，大爱写满太行山！你与“生命只有3到6个月”的死神赛跑，焚膏继晷，丈量生命的“宽度”如此精彩！

8月初的一天清晨，凉风习习，绿叶飒飒。昏迷多日的许帅清醒了许多，他浑身没有力气活动了，也许预感到去日无多，他强烈要求父亲无论如何带着他，到救助站去看一看。爱子心切的许宏刚含泪将许帅抱上车的前座。

车窗里的许帅喘着粗气，深情地望着这里熟悉的一切，围墙外的违建已经停止，站内的银杏树向他挥手致意，成群的花喜鹊啾鸣出动人的序曲，苹果缀满枝头，露出红彤彤的笑脸。院子里静悄悄的，沉浸在酣梦中的人们正在迎来彩霞漫天。

许帅深情地凝望着这里的一草一木，泪水不觉间哗哗流淌。车窗缓缓地关闭，将这温馨和谐的一幕留在脑海里。挥一挥手，别了，我的亲人们；别了，我的同事们；别了，我魂牵梦萦的土地！我们会再见……

3

思念在分别时潜滋暗长，忧伤在思念里肝肠寸断。奶奶思念孙子，父母呼唤娇儿，儿子哭要爸爸。我清晰地看到，大家都哀怨地看着许帅，用这么多发自肺腑的心里话，倾诉着相思别离的衷肠。

许帅，相框里的微笑依旧，阳光帅气，可，你听到了亲人的呼唤吗？

许帅，阖家团圆日，家人肠断时。你在没有病痛折磨、只有大爱无疆的远方，看到我们脸上的道道泪痕了吗？

“爸爸，我是多文，我可想您了，您能听到我说话吗？你看，我是不是又长高了？我听爷爷奶奶说，您到很远很远的地方出差了，你何时会乘坐呼啸的高铁凯旋而归呢？”

“爸爸，您是一个大英雄，您做了这么多对党对人民对社会有益的事情，你是我的骄傲！我一定会好好学习，这是咱俩的约定！我会踏着您的足迹继续前进，做个好人，做一个对社会有用的人！爸爸，我等您！”

“孙子啊，奶奶眼睛花得连电视也看不清亮了，走路一瘸一拐的，只有与轮椅相依为命了。孙子啊，上天为何这么不公平呢？为何不让奶奶替你?！奶奶甘心情愿替你!！你这一走，也带走了奶奶的大半条命……”

“孙子啊，奶奶的小心肝，你给奶奶洗脚，你给奶奶买手机，你给奶奶做饭软烂可口，你给奶奶做的坐椅。可孙子，奶奶什么都不要，俺只想要孙子，俺就要俺的大孙子……”

“帅帅，我不孝的儿，我无数次抚摩你那阳光帅气的笑脸，你从小到大的点点滴滴，都深深地铭刻在妈妈心里，并且日日夜夜在妈妈的眼前晃动。妈妈总觉得你没有走远，而是出差去了，不知哪一天就回来了。”

“儿子啊！你仔细看看我们：爸爸、妈妈已经老了，满头白发，一身病痛；你上有90岁的奶奶，下有7岁的儿子，这个家正是需要你照顾我们的时候，你却不管我们了！这种老年丧子，白发人送黑发人的钻心之痛用语言是无法表达的。我只能说，儿子啊，你不孝！”

“但是，你又是一个争气的儿子，一个值得爸爸、妈妈为你骄傲的儿子。你生前做了一些有益于人民、有益于国家的事，党和人民给予了你那么多、那么高的荣誉和奖励。你放心吧！你走后，党和国家，各级组织、领导和社会上许多关注你的爱心人士，都先后来咱家看望和慰问……”

“自古忠孝不能两全，妈妈不怨你。妈妈知道你是一个施大爱的人，你就放心地圆你的大爱梦吧！爸爸、妈妈支持你。我坚信，我的儿子无论在哪里，都是一个堂堂正正的人！一个大爱无疆的人！一个大写的人！”

“帅帅，我的好儿子，爸爸、妈妈永远爱你！”

“儿子，你在郑州大学人体馆，与莘莘学子一起攻克癌魔，是不是旗开得胜了呢？爸爸盼着你啊，捷报飞来当纸钱！”

“儿子，你活着的时候，爸爸总是批评你，没有表扬过你。你走后的每一天，爸爸都在试图体验你走过的心路历程。”

“爸爸每天早上都提前1个小时上班，路上看到那些带小孩的老人，急着送孩子上学的家长，或是坐出租车没有拦到的人，爸爸就会开车过去，请他们上车。他们问多少钱？爸爸说不要钱。看到他们带着疑惑的神情坐进车里，又带着笑容离开时，爸爸体会到了，你帮助那些素不相识的人的快乐和幸福。”

“天寒气燥的季节，爸爸脚上裂了一个口子。爸爸没有像往常一样用创可贴粘上。爸爸想体会一下，因药物副作用，你手上脚上裂的口子，拄着双拐去上班的情景。没有 3 天，爸爸就疼得走不了路了。儿子，你坚持拄着双拐走进救助站，你是咋挺过来的……”

“帅帅，你是父母心中永远的痛和骄傲，你是多文引以为豪的偶像和英雄。爸妈一定会像你一样乐观、豁达、坚强地面对生活。也一定会把多文抚养成人，教育他成为一个像你一样胸怀大爱的好人！”

一家人哭得肚肠寸断，泪干声哑。

有没有直达天堂的电梯？我们一定会不顾一切去看你……

4

悄悄地，许帅向我们走来。他的音容笑貌犹在，他的崇高精神熠熠生辉，他的大爱故事感人肺腑，他的光辉事迹随着报纸、电视、网络触动人们的心扉，在神州大地不胫而走。

2017 年春暖花开的季节，根据民政部统一部署，许帅先进事迹巡回报告活动拉开帷幕。从青藏高原到东海之滨，从林海草原到天涯海角，一次次掌声震动着昂扬向上的感动，一声声身临其境的讲述让观众唏嘘悲痛，一场场感人肺腑的报告会震撼着心灵，声情并茂的演讲让观众泪花飞溅，为他的故事动容，为他的精神落泪。

2018 年 6 月底，许帅从郑州大学人体馆凯旋而归，走过了两年攻克癌症的征途。700 多个日日夜夜的执守，你与无数深情专注的眼睛无声地交流，那癌魔的“病灶”猥琐地浑身发抖，癌症的研究在攻城拔寨、势如破竹。我们“永远的救助站长”，依然在用这种默默奋战的方式，又将会救助造福多少人呢？

你深情地回到了生你养你的土地，回到了古都安阳的怀抱，躺在了清冽洹河的臂弯里。你太累了，好好安息吧！在天寿园的翠柏繁花的角落，看花开花落、云卷云舒。你的温情救助无声在人间传递，你的大爱无疆依然在淙淙流淌，无数后来人正沿着你光辉的足迹，在“中国梦”的指引下，砥砺奋进！

随着一阵醉人的清风，许帅轻轻地又回到了救助站里。“许站长没走，他永远坚守在救助工作的岗位上，形影不离地陪在我们身边，永远不会离去！”

来到安阳救助站采访，我看到飒爽英姿的站长袁继红，踏着许帅的光辉足迹，也同样来到了救助者中间。她和风细雨、温文尔雅，她态度轻柔、笑靥如花。她循着许帅温柔的目光，认真细致地查看着每一项工作环节，不经意间抬起头来，就看到了“医疗安置区”的上空，“是该有个阳光棚了！”

“阳光棚”是许帅最后的牵挂，也成了袁继红最急迫的“心病”。很快，明亮整洁的“阳光棚”顺利施工，温暖的阳光透过钢架玻璃投射下来，一方温馨和谐的空间挡住了冷风凄雨，活动区变成一个冬暖夏凉的“温室”，回旋的音乐更加宛转悠扬，被救助人员的脚步也更加蹁跹轻盈。

酷热难耐、炽阳流火的季节，随着“夏季送清凉活动”的启动，救助车一辆接一辆地驶向街头。袁继红提着清凉降火凉茶，在繁华街头搜寻巡查着。正午的烈焰瓢泼下来，炙烤得大地灰蒙蒙的，热汗顺流如浆。

“歇歇吧，袁站长，你这一走大半天，脚上会打血泡了！”副站长焦建平劝她。

袁继红此时已经头晕眼花，脚底板霍霍生疼，浑身酸麻如散架一般，可她却认真地问："许站长拖着病体，都能坚持在一线巡查，和他相比，我这算得了什么呢？许站长正看着我们呢？走吧！"

凛冬卷着北风啃噬着大地，冷风如刀割斧砍，枝丫吱吱呀呀地在风中颤抖，人们都竭尽全力地躲避。这时救助站的"寒冬送温暖"活动火热开启，袁继红又带着滚烫的姜糖茶，去找寻她冷风中瑟抖的亲人。此时重感冒的她，咳嗽发热，已经输液多日，所有人都劝她避避冷风，卧床静养。可是她风风火火地拔掉针头，就斩钉截铁地说了两个字："出发！"

"别去了，你这重感冒，还咳嗽，转肺炎可麻烦大啦！快回去休息！"傅有安、刘步云都劝她。

袁继红摇摇头说："感谢大家的好意！想想许站长，挂着导流袋，穿着纸尿裤，拄着拐杖都能走在送温暖的路上，和许站长相比，我这点感冒还算病吗？走吧！"

人们不由得竖起大拇指："巾帼不让须眉。这女站长身上，有许帅的影子，看那身上'焦裕禄'的三股劲：'对群众的那股亲劲、抓工作的那股韧劲、干事业的那股拼劲！'佩服！"

风来了，雨又去了；霜走了，雪也走了。救助站里忙忙碌碌，迎流浪者入站，洗去岁月的污秽；送亲人回家，找到憩息的港湾。欢声笑语弥漫，秩序条条井然；满眼整洁干净，处处幸福笑脸。

林花谢了春红，杏花凋零桃花笑，枝头银杏鹅黄闹。只有院落中心"温情救助，大爱无疆"的锃亮标牌，跳荡着许帅温馨执着的笑容，闪烁在中华民族伟大复兴的征程里，历久弥香。

悄悄地你走了，
正如你悄悄地来，
你走向黑暗，
却把光明播洒人间……

2019 年仲春时节

后 记

在纪念新中国成立70周年的日子里，我时刻被新时代日新月异的变化鼓舞着。每一个伴随着新中国的发展成长起来的赤子，都会深深感受到大美中国的铿锵足印，我们被伟大炫彩的“中国梦”而欢欣鼓舞。国家翻天覆地的变化，折射到我们的盈盈笑脸上。以前很多想都不敢想的硕美愿景，悄悄地变为现实奇迹。

于是，我们看到了奋发有为的中国人，听到了可歌可泣的“中国故事”。这里面，就有永远的救助站长——许帅。他荣膺“时代楷模”“全国优秀共产党员”光荣称号，是民政系统闪亮的“孺子牛”，是“出彩河南人”的一座熠熠闪烁的巍巍灯塔。

拥抱古都安阳，我徜徉在救助站的医疗安置区，阳光依旧温暖，大爱永恒不灭。与许帅零距离“对话”，走进许帅的“温情世界”，我的心灵时时刻刻被震撼着。许帅牢记民政爱民的宗旨，践行民政为民的理念，让党和政府的阳光普照在救助人员心坎上，矢志“让卑微的生命有尊严的活着”，铮铮誓言诠释了一名普通民政人的初心和使命。

设若看到流浪乞讨人员，不排除有些人会掩鼻逃离，甚至驱赶呵斥，避而远之。如果敢于斩断鄙夷漠视的眼光，那就正气激荡。而如果能再给予些零用钱或者力所能及的帮助，便更值得尊重。而“温情救助、大爱无疆”的许帅，把救助的流浪乞讨人员当做自己的家人，不但让他们吃得好，住得暖，而且病有所医，并护送回家——饱含着多少无怨无悔的付出奉献——这不仅仅是许帅，更是民政战线广大英雄群体无私奉献的生动写照。正是因为他们全面贯彻习近平总书记“以人民为中心，聚焦脱贫攻坚，聚焦特殊群体，聚焦群众关切”的指示，在平凡岗位上长年累月的默默付出，我们的生活才会如此斑斓多彩。

嗨，许帅，你好吗？太行巍巍，洹水汤汤。你笑容如此灿烂，脚步如此坚定，忙碌在救助人员中间，爱心驱除悲伤，唤来春风浩荡。感人的一幕幕无数次让我潸然泪下。

是你的“生命誓言”吗？“生命的长度是一定的，不如追求生命的宽度。重视生命的宽度，就能拓展生命的长度。”

是你的“信仰火炬”吗？“我把生命献给救助工作，做好了救助的工作，我这一生就很有意义。假若生命终结后可以再生，我仍然选择救助！”

是你的“大爱无疆”吗？生命弥留之际，记者递上纸条问：“捐献眼角膜和所有器官吗？”你用颤抖的手坚定地写道：“是，不仅仅如此。许帅。”

在聚焦许帅“呵护生命”的实地采访、构思酝酿中，承蒙各级领导、同事、朋友们给我热情的支持、无私的帮助、谆谆的教诲，让我获益匪浅，向他们表示深深的感谢，也让我挑灯书写的温暖里，有了继续前行的勇毅。惟愿我热泪浸泡的拙文，能让许帅精神留给读者些微有益的启示。

欧阳华
2019 年 8 月

图书在版编目（CIP）数据

生命的呵护：记时代楷模许帅 / 欧阳华著．—北京：中国社会出版社；郑州：河南人民出版社，2019.8

ISBN 978－7－5087－6222－7

Ⅰ．①生…　Ⅱ．①欧…　Ⅲ．①纪实文学—中国—当代　Ⅳ．①I25

中国版本图书馆 CIP 数据核字（2019）第 188549 号

书　　名：生命的呵护——记时代楷模许帅
著　　者：欧阳华

出 版 人：浦善新
终 审 人：李　浩
责任编辑：陈　琛

出版发行：中国社会出版社　河南人民出版社
邮政编码：100032
通联方式：北京市西城区二龙路甲 33 号
电　　话：编辑室：（010）58124835
　　　　　销售部：（010）58124836
网　　址：www.shcbs.com.cn
　　　　　shcbs.mca.gov.cn
经　　销：各地新华书店

中国社会出版社天猫旗舰店

印刷装订：中国电影出版社印刷厂
开　　本：165mm×230mm　1/16
印　　张：16
字　　数：180 千字
版　　次：2019 年 10 月第 1 版
印　　次：2019 年 10 月第 1 次印刷
定　　价：58.00 元

中国社会出版社微信公众号